ოჭიჩი ოჩჩაჩცჩb

1925

로버랜덤

로버랜덤

J.R.R. 톨킨 지음
크리스티나 스컬·웨인 G. 해먼드 엮음
이미애 옮김

arte

일러두기

1. 이 책은 2013년에 출간된 『로버랜덤』을 우리말로 옮긴 것이다.

2. 외국 인명·지명·독음 등은 외래어표기법을 따르되, 레젠다리움 세계관과 관련된 용어의 경우 톨킨 번역 지침에 기반하여 역어를 결정했으며, 고유명사임을 나타내기 위해 의도적으로 띄어 쓰기 없이 표기하였다.

3. 편명은 「」로, 책 제목은 『』로, 미술품명, 공연명, 매체명은 〈〉로 묶어 표기하였다. 또한 원문 체제에 맞춰 [ ]와 ( )를 구분하여 사용하였다.

4. 기출간 톨킨 문학선 도서를 인용한 경우 번역문을 일치하고 번역서 쪽수를 적었다. 그 밖의 도서는 원서 쪽수이다. 출간 연도는 모두 원서의 출간 연도이다. 『J.R.R. 톨킨의 편지들』(근간)의 경우 쪽수 표기를 편지 번호로 대체하였다.

마이클 힐러리 루엘 톨킨(1920~1984)을 추억하며

차례

서문

1925년 여름에 J.R.R. 톨킨은 아내 이디스와 세 아들 존(거의 여덟 살), 마이클(거의 다섯 살), 크리스토퍼(아직 한 살이 안 된)와 함께 파일리로 휴가 여행을 떠났다. 요크셔 해안가의 그 마을은 지금도 관광객들에게 인기 있는 곳이다. 그 여행은 톨킨이 옥스퍼드대학교 롤린슨과 보스워스 앵글로색슨어 교수로 임용된 것을 축하하기 위해 예정에 없이 떠난 휴가였고, 톨킨은 그해 10월 1일에 취임하기로 되어 있었다. 이전 직책과 새로운 직책의 임용 기간이 겹쳤기 때문에 새 직책을 떠맡으면서 동시에 리즈대학교에서도 두 학기 동안 계속 가르쳐야 했으므로 그 이전에 휴식을 취하기 위한 여행이었을 것이다. 톨킨 가족은 파일리에서 3~4주일간—다음에 설명하겠지만 날짜는 확실하지 않다—에드워드 시대

양식의 오두막을 빌렸다. 마을 우체국장의 소유였을 그 오두막은 절벽 위에 높이 세워져 해변과 바다가 내려다보였다. 전망이 좋은 이 위치에서 보면 동쪽으로 막힘없는 풍경이 펼쳐졌다. 어린 존 톨킨은 2~3일간 아름다운 저녁녘에 보름달이 바다에서 떠올라 물을 가로질러 은빛 '길'을 비추었을 때 황홀해했다.

당시 마이클 톨킨은 작은 강아지 장난감을 무척 좋아했는데 흰색과 검은색으로 칠해진 납 인형이었다. 그는 밥을 먹을 때나 잠을 잘 때나 강아지를 손에서 놓지 않았고, 어디나 들고 다녔다. 손을 씻을 때도 인형을 내려놓기 싫어했다. 그런데 파일리에서 휴가를 보내던 중에 그는 아버지와 형과 함께 산책을 나갔고, 바닷물에 돌을 던져 물수제비를 뜨면서 흥분한 나머지 장난감을 흰 조약돌이 깔린 해변에 내려놓았다. 이 하얀 해변에서 그 작은 바둑강아지 인형은 실로 눈에 띄지 않게 되었고 결국 잃어버리고 말았다. 형과 본인, 아버지가 그날과 다음 날에도 찾아보았지만 장난감을 찾지 못하자 마이클은 상심했다.

좋아하는 장난감을 잃는 것은 어린아이에게 중대한 사건이다. 이것에 유념하면서 톨킨은 그런 사건이 일어난 것에 대한 '설명'을 지어내려는 감정이 일었음이 분명하다. 그 이야기에서 로버라는 이름의 진짜 개는 마법사에 의해 장난감으로 바뀌었다가, 마이클과 매우 닮은 소년에 의해 바닷가에서 분실되고, 우스꽝스러운 '모래주술사'를 만나게 되고, 달과 바다 밑에서 모험을 한다. 결국에 종이에 옮겨 적은 『로버랜덤』의 전체 줄거리는 이러하다. 이 이야기가 완결된 형태로 등장한 것이 아니라 여러 부분들로 나뉘어 만들어지고 구술되었다는 사실은 단편적인 사건들로 구성된 이 작품의 성격과 그 길이에서 유추할 수 있다. 실로 이것은 파일리에서 『로버랜덤』의 집필에 관해 톨킨이 일기에 쓴 감질날 정도로 짧은 메모(1925년에 일어난 사건들을 요약한 글의 일부로 1926년에 작성되었음이 거의 확실한)에 의해 입증된다. "존을 (그리고 이야기가 진척되면서 나 스스로를) 즐겁게 해 주려고 쓴 '로버랜덤' 이야기가 끝났다." 안타깝게도 "끝났다"는 말이 정확히 무슨 의미였는지는 알 수 없다. 어쩌면 완성된 이야기를 (그 당시 상태 그대로) 휴가 기간 중에 들려주었다는 말에 지나지 않을 것이다. 하지만 괄호 안의 글을 보면 들려주는 과정에서 이야기가 실로 확대되었다는 것을 확인할 수 있다.

11

일기에 적은 글에서 존만 언급되었다는 것은 특이한 일이다. 로버 이야기의 이면에는 마이클이 겪은 불운한 사건이 있으니 말이다. 어쩌면 마이클은 자기 장난감이 사라진 경위를 설명한 첫 번째 에피소드에 만족했고 이어지는 이야기에는 존만큼 흥미를 느끼지 않았을지 모른다. 톨킨 자신은 이 이야기에 흥미를 느꼈음이 분명하고, 이야기는 진척되면서 더욱 정교해진다. 그러나 그 이야기는 어디에도 기록되지 않았다. 그러므로 이제 누구도 「로버랜덤」이 원래 정확히 어떤 형식으로 구성되었는지, 교묘한 언어유희와 신화 및 전설에 대한 암시가 처음부터 이야기에 포함되어 있었는지 아니면 「로버랜덤」이 나중에 글로 작성되었을 때 더해졌는지를 알 수 없다.

또한 톨킨은 마찬가지로 몇 달 지난 후에, 온 가족이 1925년 9월 6일에 (리즈에서) 파일리로 가서 9월 27일까지 머물렀다고 일기에 썼다. 그런데 이 날짜들 중에 적어도 첫 번째 날짜는 정확한 것일 리 없다(그리고 일요일이 아니라 토요일로 일기에 기록한 것은 실수였다). 존 톨킨은 바다 위에서 빛나는 보름달을 아직 생생하게 기억하고 있고 그 광경이 틀림없이 「로버랜덤」 앞부분에서 "달빛 길"을 따라가는 로버의 여행에 영감을 주었음을 고려해 볼 때 톨킨 가족은 보름달이 뜨는 시기에 파일리에 있었음이 분명하고, 1925년 9월에 보름달이 뜨기 시작한 날은 2일 화요일이었다. 또한 그 가족이 엄청난 폭풍이 영국의 북동쪽 해안을 강타한 9월 5일 토요일 오후에 파일리에 있었으리라는 것은 더욱 명확하다. 또다시 존 톨킨은 그 폭풍을 생생하게 기억하고 있고 그것은 신문 보도로 뒷받침된다. 바닷물이 예정된 만조에 이르기 몇 시간 전에 솟아올라 방파제를 넘어와 파일리의 산책로를 휩쓸었고 해안을 따라 설치된 구조물을 완전히 부수었으며 해변을 엄청난 혼란에 빠뜨렸고, 그 과정에서 마이클의 장난감을 되찾으리라는 일말의 희망은 완전히 사라져 버렸다. 맹렬한 바람이 톨킨 가족의 오두막을 뒤흔들어서 그들은 지붕이 떨어져 나갈까 봐 두려워하며 밤늦게까지 깨어 있었다. 존 톨킨의 기억에 의하면 아버지는 손위의 두 아들을 달래 주려고 이야기를 들려주었고 바로 이때, 마법에 걸린 장난감 '로버랜덤'이 된 강아지 로버에 대한 이야기를 시작했다. 그 폭풍 자체가 「로버랜덤」의 후반부 사건에 영감을 주었음이 분명하다. 고대의 바다뱀이 깨어나기 시작하고 그러면서 엄청난 날씨의 동요를 일으킨다. ("그가 잠결에 한두 번 몸을 뒤척였을 때, 근방의 수십 킬로미터에 달하는 지역에서 물이 솟구쳐 올라 주민들의 집을 뒤흔들어 부수고 그들의 휴식을 망쳐 놨단다."[158쪽])

톨킨이 파일리에 머무는 동안 「로버랜덤」을 글로 작성했다는 증거는 없다. 하지만 그가 이 이야기를 위해 그린 삽화 다섯 장 중 하나로 이 책에 실린 달의 풍경은 1925년으로 연도가 적혀 있으므로, 그해 여름에 파일리에서 그렸다고 추정할 수 있다. 「로버랜덤」의 나머지 삽화 중에서 세 장은 분명히 1927년 9월에 그려졌고, 그때 톨킨 가족은 영국 남부 해안의 라임 레지스에서 휴가를 보내고 있었다. 그 세 장은 존 톨킨에게 헌정된 〈백룡이 로버랜덤과 달나라 강아지를 추격하다〉, 크리스토퍼 톨킨에게 헌정된 〈'로버'가 '장난감'으로 모험을 시작한 집〉, 그리고 화려한 수채화 〈인어 왕 궁전의 정원〉이다. 이 그림들 각각에 연월이 적혀 있고, 로버가 갈매기 뮤를 타고 달에 도착하는 또 다른 그림은 '1927~1928년'으로 적혀 있다. 이 그림들은 모두 이 책에 실려 있다. 이 삽화들이 1927년 9월에 그려졌다는 사실은 톨킨이 라임 레지스에서 「로버랜덤」을 다시 들려줬다는 것을 시사한다. 아마도 톨킨 가족이 또다시 바닷가로 휴

서문

가 여행을 왔고 고작 2년 전에 파일리에서 있었던 사건을 떠올렸기 때문일 것이다. 〈'로버'가 '장난감'으로 모험을 시작한 집〉을 크리스토퍼 톨킨에게 헌정한 글을 보면 크리스토퍼가 이제 「로버랜덤」을 이해할 만한 나이가 되었다는 (1925년 9월에는 당연히 아기였을 따름이다) 것과 적어도 부분적으로는 그가 예전에 듣지 못했기 때문에 그 이야기를 다시 들려주었으리라는 것을 알 수 있다.

이렇게 1927년 여름에 되살아난 「로버랜덤」에 대한 관심이 추진력이 되어 톨킨은 마침내 그 이야기를 종이에 옮기게 되었을 것이다. 그는 그해 후반에, 아마도 크리스마스 휴가 기간에 그 이야기를 집필한 듯하다. 우리가 이렇게 생각하는 것은—날짜가 적힌 원고나 다른 명확한 증거가 없기 때문에 그저 추측할 수 있을 뿐이다—두 가지 흥미로운 (중요하지 않다는 것은 인정하지만) 점에 근거하고 있다. 이 두 가지는 각각 「로버랜덤」 2장에서 거대한 백룡이 로버랜덤과 그의 친구 달나라 개에게 방해를 받고 격렬하게 추격하는 끝부분과 관련되어 있다. 용은 종종 사고뭉치로 묘사된다. "이따금 용은 잔치를 벌이거나 성질을 부리면서 진짜 빨강 화염과 초록 불꽃을 동굴에서 내뿜었지. 그리고 연기

15

구름도 자주 뿜어 댔어. 한두 번인가 달 전체를 붉게 물들이기도 했고 아예 빛을 꺼 버린 적도 있다고 알려져 있었지. 그런 불편한 일이 발생할 때면, 달나라 사람은 [...] 지하실로 내려가 최고로 좋은 주문이 들어 있는 병의 마개를 뽑았고, 가급적 빨리 상황을 정리했단다."(90~91쪽) 이 사건에서 개 두 마리를 쫓던 용의 추격은 달나라 사람에 의해 아슬아슬한 때에 중단되는데, 그가 용의 배에 마술 주문을 쏘았기 때문이다. 이로 인해 "다음번 월식은 실패였어. 용이 자기 배를 핥느라 너무 바빠서 그것에 주의를 기울이지 못했기 때문이었지."(95쪽) 이 문장은 용이 뿜어낸 연기 때문에 월식이 일어난다는, 위 인용문에서 설정된 개념을 언급한다.

「로버랜덤」의 이 장을 이루는 요소들—그중 하나(달의 골칫거리인 용)는 날짜가 적힌 삽화에서 알 수 있듯이 1927년 9월에 이 이야기에 포함되어 있었음이 분명하다—은 톨킨이 그해 12월에 '산타클로스'를 가장하여 아이들에게 보낸 이야기-편지의 미출간 부분에서 놀랍도록 유사한 형태로 나타난다. 톨킨이 1920년부터 1943년까지 해마다 써 온 주목할 만한 '산타클로스' 편지 중 하나에서 달나라 사람은

16

북극을 방문하고, 자두 죽을 먹고 '금어초snapdragon' 놀이
를 하면서 브랜디를 너무 많이 마신다. 잠에 곯아떨어진 그
를 북극곰이 소파 밑으로 밀어 넣는 바람에 이튿날까지 그
자리에서 꼼짝하지 못한다. 그가 없는 사이에 달에서는 용
들이 나와 엄청난 연기를 뿜어내는 바람에 월식이 일어난
다. 달나라 사람은 급히 돌아가야 했고 굉장한 마술을 부려
상황을 바로잡는다.

　이 이야기와 「로버랜덤」의 거대한 백룡 사건의 유사성
은 너무나 명료하기 때문에 우연의 일치라고 볼 수 없다.
두 이야기를 볼 때 톨킨이 1927년 12월에 '산타클로스' 편
지를 쓰는 동안 「로버랜덤」을 염두에 두었다고 합리적으로
가정할 수 있다. 달나라의 용이 월식을 일으킨다는 생각이
편지에서 처음으로 표현되었는지 아니면 그 목적을 위해
「로버랜덤」에 이미 표현된 생각을 편지로 가져온 것인지는
알 수 없다. 그러나 두 작품이 연관되어 있음은 분명하다.

　크리스마스 휴가 덕분에 톨킨은 대학의 여러 업무에서
벗어날 시간을 얻고 그 기간에 「로버랜덤」을 쓸 수 있었을
것이다. 그가 1927년 12월에 원고를 작성했는지는 명확하
지 않지만, 현존하는 첫 번째 (날짜가 적히지 않은) 원고를 쓰

기 시작한 시점에 대해서만큼은 그 시기를 가리키는 단서가 있다. 「로버랜덤」에 나온 불발된 월식에 대한 언급이다. 첫 번째 원고에는 (위에서 인용된) "다음번 월식은 실패였단다" 다음에 "천문학자들[>사진 작가들]이 그렇게 말했지"라는 언급이 나온다. 실제로 런던 《타임스》는 개기월식이 1927년 12월 8일에 일어났지만 잉글랜드에서는 구름 때문에 관찰자들에게 보이지 않았기 때문에 지배적인 의견이 그러했다고 보도했다. 1927년의 '산타클로스' 편지도 이 사실을 다시 알려 준다. 이 편지에는 달나라 사람이 달에 없는 동안에 월식이 일어난 날짜가 정확히 12월 8일로 적혀 있고, 그럼으로써 톨킨이 현실 세계에서 일어난 사건을 잘 알고 있음을 확인해 주기 때문이다.

옥스퍼드대학교 보들리언 도서관의 톨킨 문서에 보관된 「로버랜덤」의 네 가지 원고에 현존하는 첫 번째 원고가 포함되어 있다. 안타깝게도 이 원고의 5분의 1가량이 분실되었는데 현재의 1장과 2장 전반부에 해당한다. 남은 부분은 스물두 쪽으로, (아마 학교 연습장에서 뜯어낸) 다양한 백지에 이따금 알아보기 어려운 필체로 재빨리 작성되었고 많은 부분이 수정되었다. 이 원고 다음에 작성된 타자 원고 세

편도 마찬가지로 날짜가 적혀 있지 않다. 이 원고들을 작성하는 동안 톨킨은 점진적으로 이야기를 확대했고 표현과 세부 묘사에서 많은 부분을 개선했지만 줄거리에는 큰 변화가 없었다. 서른아홉 쪽으로 된 첫 번째 타자 원고는 상당히 많이 수정되었는데 수기 원고에 충실하게 기반하고 있으므로 이전 자필 원고의 읽기 어려운 부분을 해독하는 데 큰 도움이 되었다. 이 타자 원고의 끝부분은 이전 원고와 확연히 다르고, 로버가 원래의 형체와 크기로 되돌아가는 단락은 (이전에는 매우 실망스러운 순간이었다면 이제는 극적일 뿐 아니라 유머러스한 순간이다) 대단히 확대되었다. 새 원고 제목은 원래 '로버의 모험'이었지만 톨킨은 제목을 바꾸어 '로버랜덤'을 펜으로 써넣었고 이후에 그 제목을 선호했다.

세 가지 타자 원고 중에서 두 번째 원고는 아홉 번째 페이지에서 중단되었는데 이는 분명 작가의 의도적 결정에 따른 것이었고, 마지막 페이지에는 몇 줄만 적혀 있다. 이 원고는 이야기의 시작부터 달이 "물 위에 빛나는 길을 깔기 시작"한(2장 66쪽 참조) 부분까지 이어진다. 이에 덧붙여, 지금의 왼쪽 페이지에 해당하는 곳에 단편적인 글이 타자

19

로 쳐져 있는데 톨킨은 즉시 그것을 배제했고 오른쪽 페이지에서 본문을 이어 나가며 더 수정하고 계속 작업했다. 두 번째 타자 원고는 첫 번째 원고에 적어 두었던 수정 사항을 추가했고 몇 군데 더 개선했다. 하지만 첫 번째 타자 원고와 비교할 때 이 원고가 말끔하게 보인다는 것이 더욱 중요한 주목할 점이다. 톨킨은 이제 원고를 제시하는 방식에 관심을 기울였으며 그러므로 페이지 번호를 나중에 펜으로 써넣은 것이 아니라 종이에 타자로 쳤고, 전에는 (분명 작업용 원고에서) 때로 대화를 연달아 썼던 반면에 이제는 대화를 문단으로 끊어서 화자가 달라졌음을 나타냈다. 또한 새 타자 원고에는 손으로 수정한 부분이 몇 개 되지 않았는데, 모두 신중하게 수정되었고 대부분 오타 수정이었다.

이렇게 말끔해진 원고를 보면 톨킨이 1936년 말경에 두 번째 타자 원고를 그의 출판사인 조지 앨런 앤드 언윈에 보내려고 준비했으리라 짐작할 수 있다. 당시 출판사는 열의를 갖고 『호빗』의 출간을 결정했고, 아직 제작 중이어서 성공을 입증하지 못했지만 그 작품에 힘입어 출간을 고려할 다른 아동용 이야기를 보내달라고 톨킨에게 요청했다. 그에 대한 응답으로 톨킨은 그림책 「블리스 씨」, 중세 문학을 모방한 이야기 「햄의 농부 가일스」 그리고 「로버랜덤」을 앨런 앤드 언윈 사에 보냈다. 우리가 짐작하듯이 「로버랜덤」의 단편적인 두 번째 타자 원고가 그 목적을 위해 만들어졌다면, 톨킨이 이 원고를 중단한 것은 그 텍스트가 아직 완전히 마음에 들지 않았기 때문일 테고—아니면 이전 원고들과 마찬가지로 연습장에서 뜯어낸 종이에 작성한 것이라서 종이 끝이 약간 닳았던 탓에 자기 작품이 더 전문적으로 보이기를 바랐기 때문일 수도 있다.

실로 가장 나중에 타자로 친 세 번째 「로버랜덤」 원고는 업무용의 (완전히 균일하지는 않지만) 고급 용지 60장에 완전히 (수정이 없지는 않지만) 말끔하게 작성되었다. 이 원고는 장章이 나뉘었고 대화와 묘사, 구두점과 단락 분리에 있어서 소소하지만 많은 변화가 도입되었다. 톨킨이 앨런 앤드 언윈에 보낸 것은 이 원고임이 거의 확실하다. 출판사의 사장 스탠리 언윈은 어린 아들 레이너에게 그 원고를 읽고 평가하게 했다.

1937년 1월 7일 자로 적힌 보고서에서 레이너 언윈은 "잘 쓴 이야기이고 재미있다"라고 평가했다. 하지만 그의 긍정적인 평가에도 불구하고 이 작품의 출간은 허용되지 않았다. 스탠리 언윈이 메모에 써 놓았듯이 「로버랜덤」은 분명 톨킨이 1937년 10월에 출간을 위해 실제로 준비한 (그렇게 생각되었다) "다양한 양식의 짧은 동화들" 중 하나였다. 그러나 그때쯤 『호빗』이 대단한 성공을 거두었으므로 앨런 앤드 언윈은 무엇보다도 호빗에 대해 더 많이 보여 주는 속편을 원했고, 작가나 출판사나 「로버랜덤」을 다시 고려한 적은 없었던 것 같다. 톨킨의 관심은 이제 주로 '새로운 호빗', 그의 걸작 『반지의 제왕』이 될 작품에 쏠리게 되었다.

「로버랜덤」 같은 이야기가 없었더라면 『반지의 제왕』은 태어나지 않았으리라고 말해도 지나친 것은 아니다. 톨킨의 자녀들과 톨킨 본인도 그런 이야기들을 좋아했기에 결국에 더욱 야심적인 작품 『호빗』과 그 속편에 이르렀던 것이다. 이런 이야기들은 대체로 일회적이었다. 글로 옮겨 적은 것이 거의 없었고, 옮겨 적은 이야기 중에도 완성되지 않은 것이 많았다. 톨킨은 적어도 첫 번째 '산타클로스' 편지를 쓴 1920년부터 자녀들에게 이야기를 들려주는 자신의 역할을 기꺼이 받아들였다. 그의 다른 이야기로는 악당 빌 스티커스Bill Stickers와 그의 적수 메이저 로드 어헤드

22

Major Road Ahead의 이야기, 아주 작은 인간 티모시 티투스의 이야기, 그리고 마이클 톨킨의 네덜란드제 인형을 모델로 그려 낸 이색적인 톰 봄바딜의 이야기가 있었다. 톰 봄바딜은 훗날 그의 시와 『반지의 제왕』에서 자리를 차지했지만, 이 이야기들 중에서 아주 많이 진척된 이야기는 없었다. 비교적 상당히 길고 극히 기묘한 이야기 「오르고그」는 1924년에 작성되었고 타자 원고가 남아 있지만 미완성인데다 발전되지 않았다.

대조적으로 「로버랜덤」은 완성되고 잘 구성된 이야기이고, 이 시기에 톨킨이 쓴 아동 이야기들 중에서 작가가 억제되지 않은 즐거움을 느끼며 말장난을 한다는 점에서도 특별하다. 이 이야기에는 유사-동음이의어(페르시아Persia와 퍼쇼어Pershore), 의성어와 두운("캥캥과 컹컹, 왈왈과 월월, 으르렁과 그르렁, 힝힝과 징징, 킥킥과 꺽꺽, 낑낑과 꿍꿍", 67쪽) 묘사가 길게 이어지기 때문에 재미있는 목록(가령 아르타세르세스의 작업장에 있는 "휘장과 상징물, 비망록, 비결서, 타로 카드, 마술 장비, 그리고 잡다한 주문이 들어 있는 병들과 가방들", 166쪽), 뜻밖의 어구 전환("[달나라 사람은] 즉시 옅은 공기 속으로 흔적도 없이 사라져 버렸어. 거기에 가 본 적이 없는 사람이라면 누구든지 달의 공기가 얼마나 희박한지 말해 줄 거야." 80쪽)이 풍부하게 들어 있다. 또한 쌩whizz, 첨벙splash, 배tummy, 불편한uncomfy 같은 '어린애의' 구어도 많이 포함되어 있다. 이와 비슷한 표현들은 애초에 수기 원고에서 누락되었거나 수정본에서 삭제되어 (『호빗』에서 tummy가 stomach로 바뀌었듯이) 톨킨의 출간된 글에서는 거의 찾아볼 수 없기에 특히 흥미롭다. 이 작품에는 그런 표현들이 원래 톨킨이 자녀들에게 구두로 들려주었던 대로 이야기에 남아 있다.

톨킨이 「로버랜덤」에서 용품paraphernalia, 인광을 발하는phosphorescent, 원초적인primordial, 길고 복잡한 이야기 rigmarole 같은 단어들도 썼다는 사실은 그런 단어들이 어린 독자에게 너무 '어렵다'고 여겨지는 근래에 상당히 신선하게 보인다. 톨킨은 그런 견해에 동의하지 않았을 것이다. 그는 "연령층에 따라 적합한 어휘가 있다는 생각을 기반으로 쓰인 책을 읽어서는 훌륭한 어휘를 습득할 수 없습니다. 그것은 수준을 넘어서는 책을 읽어야 얻어집니다"(『J.R.R. 톨킨의 편지들』[1981], 215번 편지)라고 썼다(1959년 4월).

「로버랜덤」은 또한 이야기의 구성에 유입된 다양한 전

기적, 문학적 자료를 주목할 만하다. 무엇보다도 먼저 물론 톨킨 자신과 그의 가족이 작품 속에 등장한다. 「로버랜덤」에는 톨킨의 자녀들과 그 부모가 엿보이거나 (아기였던 크리스토퍼의 경우에) 언급되고, 세 개의 장에서 파일리의 오두막과 해변이 묘사되며, 톨킨이 쓰레기와 오염에 관해 느끼는 바가 여러 차례 피력되고, 1925년의 휴가에서 있었던 일들—바다 위에 빛나는 달, 맹렬한 폭풍, 특히 마이클이 장난감 강아지를 잃어버린 사건—이 이야기로 구성된다. 여기에 톨킨은 신화와 동화를 풍부하게 언급했는데, 고대 스칸디나비아의 사가, 전통적 아동 문학과 동시대의 아동 문학, 영국 전설의 적룡과 백룡, 아서 왕과 마법사 멀린, 바다에 사는 (인어, 니요르드, 바다의 노인 등 다양한) 신화적 생물, 미드가르드의 큰 뱀, 더 나아가 E. 네스빗의 "모래요정 사메아드" 책들과 루이스 캐럴의 『거울 나라의 앨리스』와 『실비와 브루노』, 심지어 길버트와 설리번의 작품들에서 인용했거나 적어도 그 작품들을 연상시키는 표현들이 등장한다. 폭넓게 언급된 이 가지각색의 소재들이 톨킨의 손에서 잘 결합되었기에 불협화음을 이루는 경우가 거의 없고, 그 암시를 알아보는 사람에게는 대단히 재미있게 느껴진다.

우리는 본문 뒤에 붙인 간략한 주석에서 톨킨이 「로버랜덤」에서 언급한 표현의 (명확하거나 개연성이 있는) 출전과 불명료한 단어들을 명시하고, 영국 사회에 특유한 것이라서 다른 나라의 독자들에게는 익숙하지 않은 몇 가지 문제와 특별히 흥미로운 주제를 밝히고 논의한다. 그러나 여기 전반적인 소개 글에서 몇 가지 사항에 대해 더욱 상세히 주의를 환기하는 것이 좋겠다.

톨킨은 1939년 앤드루 랭 강연 「요정이야기에 관하여」에서 요정과 관련된 "'꽃과 나비'를 선호하는 이 왜소 취향" 같은 많은 묘사를 비판했고, 특히 마이클 드레이튼의 『님피디아』에서 피그위겐 기사가 "장난꾸러기 집게벌레"를 타고 "앵초꽃 속에서 밀회를 약속"하는 부분을 인용했다. 그러나 「로버랜덤」을 집필할 당시 그는 토끼를 타고 다니며 눈송이로 팬케이크를 만드는 달나라 요정moon-gnome이나 작은 물고기들에 마구를 채우고 조가비 수레를 탄 바다 요정sea-fairies 같은 기발한 상상을 아직 떨쳐 내지 못했다. 이 작품을 집필하기 바로 십여 년 전에 발표한, 지금은 유명해진 젊은 시절의 시 「고블린의 발」(1915)에서 작가는

26

"마법에 걸린 레프러콘의 작은 뿔 나팔 소리"를 듣고 "작은 옷"과 "작고 행복한 발"에 관해 깊은 생각에 잠긴다. 톨킨이 고백했듯이, 1920년대와 1930년대에 그는 "'요정이야기'는 당연히 아동을 대상으로 삼는다는 통념에서 아직 벗어나지 못했고"(『편지들』, 215번 편지, 1959년 4월의 초고), 따라서 '요정이야기'의 일반적인 이미지와 표현 방식을 때로 사용했다. 가령 『호빗』에서 깊은골의 장난기 많고 노래하는 요정들, 그리고 그 작품과 (더더욱)「로버랜덤」에서 화자로서 작가의 (혹은 아버지의) 목소리는 그런 이미지와 표현 양식을 드러낸다. 훗날 톨킨은 어떻든 자신이 자녀들에게 "맞춰 쓴 것"을 후회했고 특히「고블린의 발」은 묻혀서 잊힐 수 있기를 바랐다. 반면에 그가 상상한 '실마릴리온' 신화의 요정들Fairies(나중에는 Elves)은 헌칠한 키에 고귀한 인물이었고, '피그위겐' 따위의 흔적이 거의 없었다.

「로버랜덤」이 톨킨의 신화(혹은 '레젠다리움')로 이끌려 나아간 것은 거의 불가피한 일이었다. 그때쯤 톨킨은 십 년이나 그 이상으로 자신의 신화를 발전시켜 왔고 주된 관심을 쏟았다. 이 두 작품은 몇 가지 점에서 비교할 수 있다. 가령 「로버랜덤」에서 달의 어두운 면에 있는 정원은 레젠다리움을 처음 산문으로 쓴 『잃어버린 이야기들의 책』에 나오는 '잃어버린 극의 오두막Cottage of Lost Play'을 생생하게 연상시킨다. 그곳에서 아이들은 "춤추며 놀았고 […] 꽃을 따거나 수놓인 날개가 달린 금색 벌들과 나비들을 쫓아다녔다."(『제1부』[1983년 출간], 19쪽) 반면에 달의 정원에서 아이들은 "졸린 듯이 춤을 추기도 하고, 꿈을 꾸듯이 걷기도 하고, 혼잣말을 하기도 했단다. 어떤 아이들은 깊은 잠에서 막 깨어나는 듯이 몸을 뒤척였고, 어떤 아이들은 이미 완전히 깨어서 달리며 웃고 있었어. 아이들은 땅을 파고, 꽃을 따고, 천막과 집을 짓고, 나비를 쫓고, 공을 차고, 나무에 올랐지. 그리고 모두들 노래를 부르고 있었단다."(104~105쪽)

달나라 사람은 아이들이 어떻게 자기 정원에 오게 되는지를 말하지 않지만, 어느 시점에 지구 쪽을 바라보던 로버랜덤은 "신속히 그 길[달빛 길]을 따라 흐릿하고 다소 가늘고 기다란 여러 줄을 지어 배를 타고 내려가는 작은 사람들"(112쪽)이 보이는 듯하다고 느낀다. 아이들이 잠든 상태로 정원에 오는 장면에서 톨킨은 '잃어버린 극의 오두막'에 이르는 '올로레 말레Olórë Mallë' 혹은 '꿈의 길'이라는, 이미 존재하는 구상을 염두에 두었음이 분명한 것 같다. "공중에

28

걸려 있는, 은은한 달빛이 비치는 비단결의 안개인 양 회
색빛으로 흐릿하게 빛나는 가느다란 다리들," 그것은 어느
인간도 "마음속의 어린 시절에서 달콤한 꿈에 빠졌을 때
가 아니면" 보지 못하는 길(『잃어버린 이야기들의 책 제1부』,
211쪽)이다.

　하지만 「로버랜덤」과 그 신화의 가장 흥미로운 관련성이
드러나는 것은 "가장 나이 많은 고래" 우인이 "마법의 섬
너머에 있는 (이른바) 요정의 땅Fairyland의 방대한 만"과 더
멀리 "마지막 서녘에서 요정의 고향Elvenhome의 산맥과 파
도에 비치는 요정나라의 빛" 그리고 "그 산맥 아래 초록 언
덕에 있는 요정들의 도시"(154쪽)를 로버랜덤에게 보여 줄
때이다. 이 묘사는 1920년대와 1930년대에 작성되어 있
었던 '실마릴리온'에 그려진 세계의 서쪽 지리와 정확히 일
치하기 때문이다. "요정의 고향의 산맥"은 아만의 발리노
르산맥이고, "요정들의 도시"는 툰Tún이다. 툰이라는 지명
은 이 신화에서 한 번 사용되었고 「로버랜덤」의 (오직) 첫
번째 원고에서만 그 도시에 붙여졌다. 우인도 마찬가지로
『잃어버린 이야기들의 책』에서 끌어온 생물이다. 여기서
우인은 동명의 "가장 강력하고 가장 연로한 고래"(『제1부』,

118쪽)는 아니지만 그래도 로버랜덤을 서녘의 땅이 보이는 곳에 데려갈 수 있다. '레젠다리움'의 발달 과정에서 이 시점에 그 땅은 인간의 눈에 보이지 않도록 어둠과 위험한 바다 너머에 숨겨져 있다.

우인은 만일 자신이 "바깥땅Outer Lands", 즉 필멸자들의 세계인 가운데땅의 누군가에게 (심지어 개에게라도!) 아만을 보여 주었다는 사실이 (아마 발리노르에 사는 발라 혹은 신들에게) 발각되면 "혼쭐이 날" 거라고 말한다.『로버랜덤』의 세계는 실재하는 많은 장소들의 지명이 언급되면서 우리의 세계로 여겨진다. 로버랜덤 자신은 "어쨌든 영국 개"(120쪽)이다. 그러나 다른 면에서 볼 때 그 세계는 분명히 우리의 지구가 아니다. 한 가지 차이점을 들자면 그 세계에는 끝이 있어서 그 가장자리 너머로 폭포수가 "곧바로 우주로"(70쪽) 떨어진다. 레젠다리움에 묘사된 지구도 평평하기는 하지만 이것과는 다르다. 하지만『로버랜덤』의 달은『잃어버린 이야기들의 책』에 나오는 달과 마찬가지로 하늘 높이 위에 있지 않을 때는 이 세계 밑에서 움직인다.

톨킨 사후 25년간 그의 작품들이 더 많이 출간되면서 그의 작품들은 거의 다 사소한 점에 있어서라도 서로 연관되어 있고 각각의 작품은 다른 작품들의 의미를 고맙게도 밝혀 준다는 사실이 명확히 드러났다. 「로버랜덤」은 톨킨에게 필생의 역작이었던 레젠다리움이 그의 이야기에 어떻게 영향을 미쳤는지를 또 한 번 예시하고, 이로 인해 「로버랜덤」 자체가 영향을 미쳤을 이후의 (혹은 같은 시기의) 작품을 찾아보게 한다. 특히 『호빗』을 주목하게 되는데, 이 작품은 「로버랜덤」을 집필하고 수정한 시기에 집필(아마 1927년에 시작)되었기 때문이다. 실제로 『호빗』의 독자들은 (다른 무엇보다도) 로버가 뮤의 등에 타고 낭떠러지에 있는 뮤의 집으로 날아가는 무시무시한 장면과 빌보가 독수리들의 둥지로 날아가는 장면이 유사하고, 로버랜덤이 달에서 맞닥뜨리는 거미와 어둠숲의 거미가 비슷하다는 것을 알아차리지 않을 수 없다. 또한 거대한 백룡과 에레보르의 용 스마우그 모두 아랫배에 연약한 부분이 있다는 것과 「로버랜덤」의 까다로운 세 마법사—아르타세르세스, 프사마소스, 그리고 달나라 사람—는 각자 그 나름대로 간달프의 전신이라는 것을 알아차릴 것이다.

이제 본문에 들어가기 전에 본문에 삽입된 그림들에 대

해 몇 마디 말을 덧붙이고자 한다. 우리는 이 삽화들에 대해 이미 『J.R.R. 톨킨: 예술가와 삽화가』(1995)에서 상세히 논의한 바 있다. 그런데 이 책에서는 삽화들이 드디어 이야기 전문과 함께 실려 있으므로 삽화들의 뛰어난 점과 결점을 더 잘 감상할 수 있다. 이 그림들은 이 책의 출간을 염두에 두고 그린 삽화가 아니었고, 그림의 주제에 있어서도 이야기 전체에 고르게 배분되지 않았다(사실 이 책에서 그림들은 제작 여건에 맞춰 삽입되었다). 또한 그림 도구나 양식에 있어서도 일치하지 않는다. 두 장은 펜화이고, 두 장은 수채화이며, 한 장은 주로 색연필로 그려져 있다. 네 장의 그림, 특히 수채화는 완성되어 있지만, 달에 도착하는 로버를 묘사한 다섯 번째 그림은 훨씬 작은 그림이고 로버와 뮤, 달나라 사람이 보기 힘들 정도로 작게 묘사되어 있다.

이 그림에서 톨킨은 탑과 (정밀한) 황량한 풍경에 더 관심을 두었을지 모르지만, 「로버랜덤」에서 묘사된 달의 숲은 조금도 보이지 않는다. 그 이전에 그린 〈달나라 풍경〉은 본문에 더욱 충실하다. 이 삽화에는 푸른 잎이 달린 나무들이 있고, "연푸른색과 연녹색의 넓은 공간이 탁 펼쳐져 있었고 높고 뾰족한 산들이 그 바닥을 가로질러 멀리까지 긴 그림자를 드리"(72쪽)운다. 그러나 이 그림은 아마도 로버랜덤과 달나라 사람이 달의 어두운 면을 갔다가 돌아오면서 "떠오르는 저 세계가 보였지. 연녹색과 금색이 어우러진 거대하고 둥근 달이 달나라 산등성이 위로 떠올랐단다"(111쪽)라고 기술한 순간을 묘사할 것이다. 그런데 이 그림에서 그 세계는 분명 평평하지 않다. 아메리카 대륙만 보이므로 이야기에서 언급된 영국과 다른 나라들은 구체의 반대편에 있음이 분명하다. 〈달나라 풍경〉이라는 제목은 톨킨의 요정 문자 텡과르의 초기 형태로 그림에 적혀 있다.

〈백룡이 로버랜덤과 달나라 강아지를 추격하다〉도 본문에 충실하고, 용과 날개 달린 강아지 두 마리 외에 흥미로운 점들 몇 가지를 보여 준다. 제목 위에 달나라 거미 한 마리와 용나방dragonmoth 같은 것 한 마리가 있고, 하늘에 떠 있는 지구는 여기에서도 구체로 보인다. 톨킨은 『호빗』의 삽화를 그리게 되었을 때 〈야생지대〉의 지도에 똑같은 형태의 용을 사용했고, 어둠숲의 그림에 똑같은 거미를 그려 넣었다. 제목에 나온 '달나라 강아지Moondog'라는 표현은 ('moon-dog'과 혼용되며) 초기의 원고들에서만 사용되었다.

화려한 수채화 〈인어 왕 궁전의 정원〉은 마치 수족관의

33

장식물처럼 '분홍색과 흰색의 돌'로 지어진 건축물을 보여
주는데, 브라이튼의 별궁 로열 파빌리온을 얼핏 연상시키
는 바가 있다. 이 삽화에서 톨킨은 겁에 질려 길을 따라가
는 로버랜덤보다는 궁전과 정원의 아름다운 풍경을 보여
주고자 했다. 어쩌면 로버랜덤의 눈에 비친 풍경을 우리가
보도록 그리려 했을 것이다. 왼쪽 위 구석에 있는 고래 우
인은 러디어드 키플링이 『이런저런 이야기들』(1902)의 〈고
래가 어떻게 목청을 갖게 되었는가〉의 삽화에 그린 바다
괴물 리바이어던과 매우 비슷하다. 제목의 '인어 왕Merking'
은 첫 번째 원고에서만 이렇게 표기되고 'mer-king'(마지
막 타자 원고에서는 이 형태로만 쓰인다)으로 바꾸어 쓰이기도
한다. 톨킨은 mer-로 시작하는 다른 합성어들의 철자도 일
관성 있게 표기하지 않으므로 본 텍스트에서는 여자인어
mermaid(mermaids, mermaidens)와 남자인어mermen 같은
익숙한 철자를 제외한 나머지에는 하이픈을 붙이는 것으로
정리했다.

〈'로버'가 '장난감'으로 모험을 시작한 집〉도 완성된 수
채화이지만 그럼에도 어리둥절하게 만드는 부분들이 있
다. 제목은 로버가 아르타세르세스를 처음 만난 집을 가리

키는 것 같지만, 사실 본문에는 그들이 만난 곳이 농장인지 근방인지를 알려 주는 바가 없다. 또한 배경에 보이는 바다와 머리 위에서 날고 있는 갈매기는 본문에 서술된 내용과도 맞지 않는다. 로버는 어린 소년 투에 이끌려 해변에 가기 전까지 "예전에는 바다를 본 적도, 냄새를 맡은 적도 없었거든. 그가 태어난 시골 마을은 바다의 소리와 냄새에서 상당히 멀리 떨어져 있었으니까."(52쪽) 그렇다고 이 집이 소년들의 아버지 집을 묘사한 것일 수도 없다. 그 집은 절벽 위에 세워진 하얀 집으로 바닷가로 내려가는 정원이 있기 때문이다. 그러므로 이 삽화는 원래 이야기와 무관한 그림이 아니었는지, 이 그림에 연관성을 부여하기 위해 갈매기 같은 세부적인 묘사를 덧붙인 것은 아니었을지 의아한 마음이 들 정도이다. 왼쪽 하단의 바둑강아지는 로버를 그린 것이고, 로버 앞에 있는 검은 동물은 로버와 마찬가지로 돼지에게 일부 가려져 있는데 아마 고양이 팅커일 것이다. 하지만 이 어느 것도 확실하지 않다.

다음에 나오는 본문은 마지막으로 작성된 「로버랜덤」 원고에 기초하고 있다. 톨킨은 출간을 위해 이 작품을 전체적으로 수정한 적이 없었다. 만일 앨런 앤드 언윈 출판사에서

이 작품을 『호빗』 다음에 출간하려고 받아들였다면 의심할
바 없이 톨킨은 자기 가족이 아닌 다른 독자들에게 더욱 적
합하도록 작품의 상당히 많은 부분을 고치고 수정했을 것
이다. 하지만 그렇지 않았으므로 결국 이 원고에는 여러 가
지 오류와 일치하지 않는 부분들이 남아 있게 되었다. 톨킨
은 글을 빨리 쓸 때 구두점과 대문자를 일관되게 쓰지 않는
경향이 있었다. 이제 「로버랜덤」을 출간하기 위해 우리는
톨킨의 의도가 명료하게 드러나는 곳에서는 그의 (전반적으
로 최대한 간단하게 표현하는) 관행을 따랐지만, 필요해 보이
는 곳에서는 구두점 기호와 대문자를 통일해서 사용했고
명백한 오식 몇 가지를 수정했다. 또한 크리스토퍼 톨킨의
동의를 얻어 어색한 구절들 중 극소수를 (다른 어구들은 그대
로 남겨 두면서) 수정했다. 하지만 본문은 대체로 작가가 남
긴 상태 그대로이다.

　이 책을 제작하는 과정에서 우리에게 조언해 주고 이끌
어 준 크리스토퍼 톨킨에게 특히 감사드린다. 또한 11쪽에
인용된 부친의 일기에 나오는 문장을 제공해 주신 것에 감
사드린다. 그리고 1925년 파일리에서의 추억을 우리에게
나눠 준 존 톨킨에게 감사드린다. 또한 프리실라 톨킨과 조

안나 톨킨, 더글러스 앤더슨, 데이비드 도건, 찰스 엘스턴, 마이클 애버슨, 벌린 플리거, 찰스 푸쿠아, 크리스토퍼 길슨, 칼 호스테터, 알렉세이 콘드라티에프, 존 레이트리프, 아든 스미스, 레이너 언윈, 패트릭 윈, 하퍼콜린스의 데이비드 브라운과 앨리 베일리, 옥스퍼드 보들리언 도서관의 주디스 프리스트먼과 콜린 해리스, 그리고 매사추세츠 주 윌리엄스타운 윌리엄스대학 도서관 직원들께도 감사드린다.

크리스티나 스컬 & 웨인 G. 해먼드

로버랜덤

1

옛날 옛적에 어린 강아지가 살고 있었는데 그의 이름은 로
버였단다. 로버는 아주 작고 어린 강아지였어. 그렇지 않았
으면 그렇게 어리석게 굴지 않았을 거야. 그 강아지는 햇빛
이 환히 비치는 정원에서 노란 공을 갖고 노느라 아주 신
나 있었지. 그러지 않았더라면 그런 짓을 결코 하지 않았을
거야.

   누더기 바지를 입고 다니는 노인이라고 해서 전부 다 성
질 나쁜 할아버지는 아니란다. 어떤 이들은 넝마장수인데
그들에게도 강아지가 있단다. 어떤 이들은 정원사이지. 그
리고 아주 드물게 소수의 사람들만 마법사인데 휴일에 할
일을 찾아 이리저리 돌아다닌단다. 이 노인은 마법사였어.
이 이야기에 지금 등장한 사람 말이야. 그는 낡고 해진 긴

외투를 입고, 낡은 담뱃대를 입에 물고, 머리에는 허름한 녹색 모자를 쓴 차림으로 정원의 작은 길을 따라 어슬렁거리며 다가왔단다. 만일 로버가 공을 보고 짖어 대는 데 정신이 팔리지 않았더라면 초록 모자의 뒤에 꽂힌 파란 깃털을 알아차렸을 거야. 그랬더라면 지각이 있는 다른 강아지들처럼 그 남자가 마법사일지 모른다고 의심했겠지. 그런데 로버는 깃털을 전혀 보지 못했어.

노인은 몸을 굽혀 공을 집어 들었고 그것을 오렌지로 바꿀지, 아니면 로버를 위해 뼈다귀나 고기 조각으로 바꿀지 생각하고 있었는데 그때 로버가 으르렁거리며 말했어.

"내려놔요!" '제발' 같은 말 따위는 붙이지 않았어.

물론 마법사는 마법사니까 으르렁 소리를 다 알아듣고 대꾸했단다.

"입 다물어, 바보야!" '제발' 같은 말은 붙이지 않았지.

그리고 나서 마법사는 그저 강아지를 골려 줄 생각으로 공을 주머니 속에 넣고 돌아섰단다. 참으로 유감스러운 일이지만 로버는 즉시 그의 바지를 물어뜯었어. 꽤 큰 바짓단이 찢겨져 나갔지. 어쩌면 마법사의 살점도 일부 뜯겨 나갔을지 몰라. 어쨌든 노인은 몹시 화가 나서 확 돌아서 소리쳤어.

"이 멍청이! 장난감이나 돼 버려라!"

그러자 아주 희한한 일이 벌어지기 시작했단다. 로버는 원래도 작은 강아지였는데 갑자기 훨씬 더 작아진 느낌이 들었던 거야. 풀들이 무시무시하게 쑥쑥 솟아올라 그의 머리보다 훨씬 높은 곳에서 넘실거리는 것 같았어. 풀들 사이로 아주 멀리 떨어진 곳에 마치 숲속의 나무들 사이로 떠오르는 태양처럼 거대한 노란 공이 보였어. 마법사가 그리던져 버렸거든. 노인이 밖으로 나가면서 대문이 딸깍거리는 소리가 들렸지만 그의 모습은 보이지 않았어. 로버는 짖으려 했지만 아주 작은 소리만 나올 뿐이었지. 너무 작아서 보통 사람들은 들을 수 없는 소리였어. 다른 개들도 알아차릴 수 없었을 거야.

로버가 너무 작아졌기 때문에 만약 고양이가 바로 그때 나타났더라면 틀림없이 로버를 생쥐라고 생각하고 잡아먹었겠지. 팅커라면 그러고도 남았지. 팅커는 같은 집에 사는 덩치 큰 검은 고양이거든.

팅커를 떠올리자마자 로버는 잔뜩 겁이 났단다. 하지만 고양이에 대한 생각은 금세 그의 머릿속에서 사라졌어. 그

43

의 주위에 있던 정원이 갑자기 사라져 버렸고 로버는 휙 끌려가는 느낌이었어. 어디인지 알 수 없었지. 급격한 이동이 끝나고 보니 어두운 곳에서 딱딱한 물건들 옆에 끼여 있었어. 로버는 거기 딱딱한 상자처럼 느껴지는 곳에서 아주 불편하게 오랫동안 누워 있었단다. 먹을 것도, 마실 것도 없었지. 그런데 제일 고약한 것은 움직일 수가 없었다는 거야. 처음에는 좁은 곳에 꽉 끼여 있어서 그런 줄 알았어. 그런데 낮에는 아주 조금밖에 움직이지 못하고 그것도 무진장 애를 써야 했는데 아무도 보고 있지 않을 때만 가능하다는 것을 나중에야 알게 되었단다. 한밤중이 지나야 걷거나 꼬리를 흔들 수 있었어. 그것도 약간 뻣뻣하게 말이지. 로버는 장난감 강아지가 되어 버린 거였어. 마법사에게 '제발'이라고 말하지 않았기 때문에 이제 그는 하루 종일 앉아서 애원해야 했지. 그런 자세로 굳어져 버린 거야.

아주 길고 깜깜하게 느껴진 시간이 지난 후 로버는 사람들에게 들릴 수 있을 만큼 큰 소리로 짖어 보려고 다시 애를 써 보았단다. 그리고 상자 안의 다른 것들, 그러니까 자기처럼 마법에 걸린 진짜 개가 아닌 작고 시시한 동물 장난감들을 물어 보려고 했어. 하지만 아무 소용도 없었지. 짖을 수도, 물어뜯을 수도 없었거든.

갑자기 누군가 다가와서 상자의 뚜껑을 열자 빛이 쏟아져 들어왔단다.

"이 동물들 중 몇 개를 아침에 진열창에 놓아두는 게 좋겠어요, 해리." 어떤 목소리가 들리더니, 손이 상자 안으로 쑥 들어왔지. "이건 어디서 왔어요?" 손으로 로버를 잡은 채 그 목소리가 다시 말했단다. "이건 전에 본 적이 없는데. 장담하는데 이런 3페니짜리 싸구려 상자에 있을 만한 게 아니에요. 이렇게 진짜처럼 보이는 인형을 본 적 있어요? 이 털이랑 눈을 봐요!"

"6펜스로 표시해 놔요." 해리가 말했지. "그리고 진열창 앞에 올려놓아요!"

그래서 가엾은 어린 로버는 오전 내내, 그리고 오후 내내, 차 마시는 시간이 다가올 때까지 진열창 앞에서 뜨거운 햇빛을 받으며 앉아 있어야 했단다. 그동안 내내 앉아서 애원하는 척해야 했어. 속으로는 몹시 화가 났지만 말이야.

"누가 날 사면 바로 달아나 버릴 거야." 그는 다른 장난감들에게 말했지. "나는 진짜 강아지란 말이야. 장난감이 아니고, 난 장난감이 되지 않을 거야! 하지만 누가 와서 날 빨리 사 줬으면 좋겠어. 난 이 가게가 싫어. 진열창에 이렇게 꼭 끼어서 꼼짝달싹 못하잖아."

"넌 왜 움직이고 싶어 하는데?" 다른 장난감들이 말했어. "우리는 움직이고 싶지 않아. 아무 생각도 안 하고 가만히 서 있는 것이 훨씬 편해. 더 많이 쉴수록, 더 오래 사는 거야. 그러니 입 좀 다물어! 네가 말을 하는 바람에 우리가 잠을 잘 수가 없잖아. 우리 중 몇몇은 앞으로 거친 아이들이 있는 놀이방에서 힘든 시간을 보내야 하거든."

그 장난감들은 더는 아무 말도 하지 않았어. 그래서 가엾은 로버는 누구에게도 말을 붙일 수 없었단다. 아주 비참한 기분이었고, 마법사의 바지를 물어뜯은 것을 몹시 후회했지.

가게에 가서 이 작은 개를 데려가도록 엄마를 보낸 것이 마법사인지 아닌지 나는 알 수가 없구나. 어떻든 로버가 한없이 비참한 기분에 빠져 있을 때, 엄마가 장바구니를 들고 가게 안으로 들어왔단다. 엄마는 진열창 너머에서 로버를 보고는, 아들에게 아주 멋진 강아지 장난감이 될 거라고 생각했거든. 엄마에게는 세 아들이 있었는데 그중 하나가 강아지를 몹시 좋아했고 특히 바둑강아지라면 사족을 못 썼어. 그래서 엄마는 로버를 샀단다. 종이에 둘둘 말린 로버는 차 마실 시간을 위해 산 다른 것들과 함께 장바구니에 담겼어.

오래지 않아 로버는 꼼지락거리며 머리를 포장지 밖으로 내밀었단다. 케이크 냄새가 솔솔 풍겼지. 하지만 케이크에 닿을 수 없다는 것을 깨달았어. 그래서 바닥의 종이 봉지들 사이에서 로버는 작은 장난감이 내는 으르렁 소리를 냈단다. 새우들만이 그걸 알아듣고는 무슨 문제가 있느냐고 물어보았어. 로버는 모든 사정을 말해 주었고 새우들이 자기를 무척 안쓰럽게 여길 거라고 생각했단다. 그런데 새우들은 이렇게 말할 뿐이었어.

"끓는 물에 삶아지면 어떤 기분일 것 같아? 혹시 삶아져 본 적이 있니?"

"아니! 내 기억으로는 삶아진 적은 없었어." 로버가 말했어. "어쩌다 목욕을 한 적은 있었는데 그건 그리 멋진 일이 아니었어. 하지만 마법에 걸리는 것은 끓는 물에 들어가는 것보다 두 배는 더 나쁠 거야."

"그럼 넌 정말로 삶아진 적이 없구나." 새우들이 대답했지. "넌 아무것도 몰라. 그건 누구에게든 가장 고약한 일이야. 바로 그 생각만 하면 몹시 화가 나서 우리가 계속 새빨간 거야."

로버는 새우들이 마음에 들지 않아서 이렇게 말했단다.

"신경 쓰지 마. 곧 사람들이 너희를 먹어 치울 테고, 난 앉아서 지켜볼 테니까!"

그러자 새우들은 그에게 더 할 말이 없었고, 로버는 혼자 누워 자기를 산 사람이 어떤 사람일지 궁금해했단다.

그는 곧 알게 되었지. 집 안에 들어서자 장바구니는 탁자에 놓였고, 꾸러미가 전부 꺼내졌어. 새우들은 식료품 저장고로 옮겨졌지만, 로버는 어린 소년에게 곧바로 건네졌지. 아이는 로버를 놀이방으로 데려가 말을 걸었단다.

어린 소년의 말을 듣는 동안 화가 잔뜩 나 있지 않았더라면 로버는 소년이 마음에 들었을 거야. 어린 소년은 자기가 구사할 수 있는 최고의 개 언어로 (꽤 잘했단다) 로버에게 짖어 댔지만, 로버는 대답하려는 시도조차 하지 않았어. 로버는 자기를 산 사람에게서 도망치겠다고 말했던 것을 계속 생각하고 있었고, 어떻게 도망칠 수 있을지 궁리했단다. 어린 소년이 그를 쓰다듬고 탁자 위와 바닥에서 이리저리 밀고 다니는 동안 로버는 내내 앉은 자세로 애원하는 척해야 했지.

마침내 밤이 되자 소년은 잠자리에 들었어. 로버는 침대 옆 의자에 올려졌는데 완전히 깜깜해질 때까지 계속 애원해야 했단다. 블라인드가 내려졌어. 하지만 밖에서는 달이 바다에서 떠올라 물 위로 은빛 길을 만들었지. 그 길을 걸을 수 있는 사람들은 세계의 가장자리에 있는 곳들과 그 너머로 갈 수 있는 길이었어. 아버지와 엄마, 어린 세 소년은 바닷가의 하얀 집에서 살았는데, 파도치는 바다 너머 '어딘지 모르는 곳nowhere'이 내다보이는 집이었단다.

어린 소년이 잠이 들자 로버는 지치고 뻣뻣해진 다리를 쭉 뻗고 작게 짖었단다. 구석에 있던 늙고 심술궂은 거미 외에는 누구도 듣지 못했지. 로버는 의자에서 침대로 뛰어올랐고, 침대에서 카펫으로 굴러떨어졌단다. 그러고는 달려서 방을 나왔고 계단을 내려가 온 집 안을 돌아다녔지.

로버는 다시 움직일 수 있어서 아주 기뻤어. 그런데 예전에 진짜였고 정말로 살아 있는 강아지였기 때문에 밤에 움직이는 대부분의 장난감보다 더 잘 뛰고 달릴 수 있었지만, 이제는 돌아다니는 것이 무척 어렵고 위험하다는 것을 알았단다. 지금은 몸이 너무 작아진 탓에 계단을 내려가려면 거의 담장에서 뛰어내리는 것 같았고, 다시 계단을 올라가려면 정말로 몹시 지치고 힘들었어. 게다가 돌아다녀 봐야 아무 소용도 없었단다. 문들은 물론 모두 닫히고 잠겨 있었어. 그가 기어 나갈 틈새나 구멍 하나 없었단다. 그래서 가엾은 로버는 그날 밤에 도망칠 수 없었지. 아침이 되자 원래 있던 의자에 앉아 애원하는 척하는 몹시 지친 강아지가 있을 뿐이었어.

나이가 더 많은 두 소년은 맑은 날이면 아침에 일어나서 식사 전에 모래사장을 따라 달리곤 했단다. 그날 아침에 소년들이 잠에서 깨어나 블라인드를 올리자, 태양이 마치 냉수욕을 하고 수건으로 머리를 말리려는 듯이 머리에 구름을 얹은 채 온통 불이 타오르는 것처럼 시뻘건 얼굴로 바다에서 튀어 오르는 것이 보였지. 그들은 곧 일어나 옷을 갈아입고는 바닷가에서 산책하려고 절벽을 내려갔단다. 로버도 그들과 함께였지.

(로버의 주인인) 어린 소년 투는 침실을 나가려다가, 옷을 갈아입는 동안 서랍장 위에 올려 두었던 로버를 보았거든. "밖에 나가게 해 달라고 애원하는구나!" 소년은 이렇게 말하고 바지 주머니에 로버를 넣었단다.

하지만 로버는 나가게 해 달라고 애원하지 않았어. 그런데다 바지 주머니 속에 들어가는 것은 분명코 바라지 않았지. 그는 쉬고 싶었고 다시 밤을 맞을 준비를 하고 싶었어. 이번에는 반드시 빠져나갈 길을 찾아 탈출할 거라고 생각했거든. 자기 집과 정원, 노란 공이 있는 잔디밭으로 돌아갈 때까지 멀리멀리 돌아다닐 거라고. 일단 그 잔디밭으로 돌아갈 수만 있으면 모두 다 잘 될 거라는 생각이 들었거든. 마법이 풀리든지 아니면 잠에서 깨어나 이 모두가 꿈이었다는 것을 알게 되든지. 그래서 어린 소년들이 절벽 길을 앞다투어 내려가 모래밭을 뛰어갈 때, 로버는 주머니 속에서 꿈틀거리고 몸부림치며 짖어 대려고 애를 썼지. 아무리 열심히 발버둥을 쳐도 그는 아주 조금밖에 움직일 수 없었단다. 주머니 속에 숨겨져 있어서 누구도 볼 수 없었지만 말이야. 그래도 그는 최선을 다했어. 그리고 행운의 도움도 따랐단다. 주머니 속에 손수건이 있었는데 완전히 구겨져

서 뭉쳐져 있었지. 그래서 로버는 주머니 속에 아주 깊숙이 들어가 있지 않았던 거야. 그가 애를 쓰기도 했고 그의 주인이 껑충껑충 뛰는 바람에 얼마 지나지 않아 로버는 간신히 코를 밖으로 내밀고 주위의 냄새를 맡을 수 있었단다.

그는 코에 닿은 냄새와 눈에 보이는 풍경에 깜짝 놀랐어. 예전에는 바다를 본 적도, 냄새를 맡은 적도 없었거든. 그가 태어난 시골 마을은 바다의 소리와 냄새에서 상당히 멀리 떨어져 있었으니까.

그가 주머니 밖으로 몸을 내밀고 있을 때, 갑자기 흰색과 회색이 어우러진 거대한 새가 소년들의 머리 바로 위를 거칠게 휩쓸고 날아가면서 날개 달린 거대한 고양이 같은 울음소리를 냈단다. 너무 깜짝 놀란 로버는 호주머니에서 부드러운 모래사장에 떨어졌는데, 아무도 그의 소리를 듣지 못했어. 거대한 새는 그가 짖어 대는 작은 소리를 알아차리지 못한 채 멀리 날아가 버렸고, 어린 소년들은 로버에 대해서는 전혀 생각하지 않고 모래사장을 계속 걸어갔단다.

처음에 로버는 스스로에게 아주 만족했어.

"내가 달아났어! 달아났다고!" 로버는 다른 장난감들만들을 수 있었을 장난감 소리로 짖었단다. 그런데 그 소리를 들을 장난감이 하나도 없었지. 그러고 나서 그는 몸을 굴려 깨끗하고 마른 모래에 누웠단다. 밤새 별빛을 받았기에 아직 차갑게 느껴졌지.

그런데 어린 소년들이 집으로 돌아가는 길에 그를 전혀 알아보지 못하고 가 버리자 텅 빈 바닷가에 완전히 홀로 남게 된 로버의 기분은 아주 즐겁지는 않았어. 갈매기를 제외하면 아무것도 없었지. 갈매기의 발톱 자국 외에 모래밭에 보이는 것이라곤 어린 소년들이 남긴 발자국뿐이었지. 그날 아침에 소년들이 산책을 나갔던 곳은 평소에 거의 가지 않았던 아주 한적한 곳이었어. 실은 그곳으로 가는 사람도 흔치 않았어. 노란 모래에 깨끗하고 하얀 조약돌이 깔려 있고 잿빛 절벽 밑의 작은 만에서 푸른 바다가 은빛 거품을 일렁이고 있었지만 기묘한 기운이 감도는 곳이었거든. 막 해가 뜬 이른 아침만 제외하고 말이야. 오후에는 때로 이상한 것들이 나타난다고 사람들은 말했단다. 저녁이 되면 그곳에서 남자인어들과 여자인어들이 복작거렸지. 더 작은 바다 고블린들은 말할 것도 없고. 고블린들은 푸른 잡초로 굴레를 씌운 작은 해마를 타고 절벽까지 올라왔고 물가의 파도 거품 속에 해마를 남겨 두었단다.

자, 이런 기묘한 일들이 일어나는 까닭은 단순한 거였어. 그 작은 만에 온갖 모래주술사 중 가장 늙은 자가 살았거든. 바다 주민들은 그들의 철벅거리는 언어로 모래주술사를 프사마시스트라고 불렀단다. 이 마법사의 이름은 프사마소스 프사마시데스였어. 아니 그가 그렇게 말했지. 그러고는 자기 이름을 정확하게 발음해야 한다고 유별나게 법석을 떨었단다. 그런데 그는 현명한 노인이었어. 온갖 부류의 이상한 종족이 그를 만나러 왔단다. 그는 뛰어난 마법사였거든. 게다가 (적합한 사람들에게는) 매우 친절했지. 겉으로는 좀 까다로웠지만 말이야. 인어들은 그의 한밤중 파티가 끝나면 몇 주 동안 그의 농담을 얘기하며 웃곤 했단다. 그러나 해가 떠 있을 때는 그를 찾기가 쉽지 않았어. 태양이 빛나고 있을 때는 따뜻한 모래에 파묻혀 누워 있는 것을 좋아했거든. 그래서 그의 기다란 귀의 한쪽 끝만 삐죽 드러났지. 만일 그의 귀가 둘 다 보였더라도 대부분의 사람들은 너희들이나 나처럼 그저 막대기 조각으로 여겼을 거야.

아마 프사마소스 영감은 로버에 대해서 전부 알고 있었

을 거야. 그는 로버에게 마술을 건 늙은 마법사wizard를 물론 알고 있었지. 마술사magician와 마법사의 수가 아주 적기 때문에 그들은 서로를 아주 잘 알고 있고, 서로의 행동을 계속 주시하거든. 개인적으로 언제나 제일 좋은 친구는 아니지만 말이야. 어떻든 로버가 부드러운 모래밭에 누워 아주 외롭고 기묘한 기분을 느끼기 시작했을 때, 로버에게는 보이지 않았지만 프사마소스가 전날 밤에 인어들이 만들어준 모래 더미에서 그를 훔쳐보고 있었단다.

하지만 모래주술사는 아무 말도 하지 않았어. 로버도 아무 말도 하지 않았지. 그런데 아침 식사 시간이 지났고, 태양이 더 높이 올라가면서 점점 뜨거워졌단다. 로버는 시원한 파도 소리가 들려오는 바다를 쳐다보았어. 그러고는 끔찍한 공포에 질려 버렸지. 처음에는 모래가 눈에 들어간 줄 알았지만, 곧 잘못 본 게 아니라는 것을 알았어. 바다가 점점 가까이 다가오고 있었던 거야. 그러면서 모래를 더욱더 많이 삼키고 있었지. 그리고 파도가 점점 더 커지면서 계속해서 더욱더 많은 거품을 일으키고 있었어.

밀물이 몰려오고 있었고, 로버는 최고 수위선 바로 밑에 누워 있었던 거야. 하지만 그런 것에 대해서 아무것도 몰랐지. 로버는 바다를 바라보며 점점 겁이 났고, 철썩거리는 파도가 곧바로 절벽으로 밀려와서 자기를 (비누투성이의 목욕통보다 훨씬 고약하게) 거품이 이는 바다로 휩쓸어 갈 거라고 생각했단다. 여전히 비참하게 애원하고 있는 그를 말이지.

실제로 이런 일이 로버에게 일어날 수도 있었어. 그런데 일어나지 않았지. 아마 프사마소스가 뭔가 관여했을 거야. 어쨌든 내 생각에는, 그 기묘한 작은 만에서는 다른 마술사가 사는 곳이 아주 가까웠기 때문에 그 마법사의 주문이 그리 강력하지 않았던 것 같아. 바닷물이 가까이 밀려오자 로버는 공포심으로 심장이 터질 것 같아서 조금이라도 해변 쪽으로 올라가려고 몸부림을 치며 굴렀는데 갑자기 몸이 움직여진다는 것을 알게 되었단다.

로버의 몸 크기는 달라지지 않았지만 이제는 장난감이 아니었어. 아직 낮 시간인데도 네 다리를 재빨리, 제대로 움직일 수 있었단다. 더는 애원할 필요도 없었고, 모래가 더 단단한 곳으로 뛰어갈 수 있었어. 그리고 짖을 수도 있었지. 장난감 강아지가 짖는 소리가 아니라, 요정 강아지

의 체구에 알맞은 작고 진짜 날카로운 요정 강아지의 소리
였어. 로버는 너무나 기쁜 나머지 굉장히 큰 소리로 짖었단
다. 만일 너희들이 그곳에 있었다면 언덕에서 짖어 대는 양
치기 개의 소리가 바람을 타고 내려오며 메아리치듯이 아
스라하지만 또렷한 소리를 들었을 거야.

그러자 갑자기 모래주술사가 모래 밖으로 고개를 내밀었
단다. 그는 분명 못생겼고 몸집은 아주 큰 개만 했지만, 마
술에 걸려 작아진 로버에게는 소름 끼치는 괴물처럼 보였
지. 로버는 즉시 짖어 대기를 멈추고 주저앉았어.

"왜 그리 소란을 떨고 있느냐, 작은 개야?" 프사마소스
프사마시데스가 말했어. "지금은 내가 잠잘 시간이란 말
이다!"

사실 그에게는 모든 시간이 잠자는 시간이었단다. (그의
초대를 받은) 인어들이 작은 만에서 춤을 출 때처럼 즐거운
일이 벌어지지 않은 한 말이지. 그럴 때면 그는 모래밭에서
나와 바위에 앉아서 재미있는 광경을 구경했단다. 인어들
이 물속에서는 아주 우아할지 모르지만, 해변에 나와서 꼬
리에 의지해 춤을 추는 모습은 우스꽝스럽다고 프사마소스
는 생각했지.

"지금은 내가 잘 시간이란 말이야!" 로버가 아주 대답도 하지 않자 그가 다시 말했어. 그래도 로버는 아무 말 없이 그저 미안하다는 듯이 꼬리만 흔들었단다.

"내가 누군지 알고 있느냐?" 그가 물었다. "나는 프사마소스 프사마시데스, 모든 프사마시스트의 족장이란 말이다!" 그는 아주 자랑스럽게 몇 번이나 이렇게 말하면서 한 글자 한 글자 발음했는데 '프'를 발음할 때마다 그의 코밑에서 모래가 구름처럼 일었어.

로버는 그 모래 구름에 파묻힐 정도였지. 그가 너무 겁에 질리고 가련한 표정으로 앉아 있어서 모래주술사는 그에게 동정심을 느꼈단다. 실로 그의 험악한 얼굴이 갑자기 부드러워지더니 웃음을 터뜨렸어.

"아주 우스운 강아지로구나, 작은 개야. 난 너만큼 작은 강아지를 본 기억이 없단다, 작은 개야!"

그러고 나서 다시 웃더니 갑자기 엄숙한 표정을 지었어.

"최근에 마법사와 말다툼을 벌인 적이 있었느냐?" 그는 거의 속삭이듯이 물었어. 한쪽 눈은 감고, 다른 쪽 눈으로 잘 알고 있다는 듯이 아주 친절하게 쳐다보았기에 로버는 그간에 있었던 일을 그에게 말해 주었어. 아마 그렇게 말할 필요가 전혀 없었을 거야. 내가 말했듯이, 프사마소스는 그 사정을 진작 잘 알고 있었을 테니까. 그래도 로버는 단순한 장난감보다 더 분별력이 있고 이해심이 있어 보이는 사람에게 얘기를 털어놓고는 기분이 좋아졌단다.

"그건 틀림없이 마법사였어." 로버가 이야기를 끝내자 주술사가 말했지. "네 얘기를 들어 보니 아르타세르세스 영감 같구나. 그는 페르시아에서 왔지. 그런데 어느 날 길을 잃었어. 최고의 마법사라도 (나처럼 늘 집에 붙어 있지 않는 이상) 때로 길을 잃는단다. 그런데 그가 처음 만난 사람이 퍼쇼어에 가면서 그를 그곳으로 안내했지. 이후로 그는 휴가 때를 제외하면 그쪽 지역에서 살았어. 그가 늙은이치고는—적어도 2천 살은 되었지—날렵하게 자두를 따고 사과주를 굉장히 좋아한다고 하더군. 하지만 그건 중요한 문제가 아니지." 이 말은 프사마소스가 하려던 말에서 점점 멀어지고 있다는 뜻이었어. "요는, 내가 네게 어떻게 해 주면 좋을까?"

"모르겠어요." 로버가 말했어.

"집에 돌아가고 싶지 않으냐? 유감이지만 난 너를 원래 크기로 되돌려 놓을 수 없단다. 적어도 먼저 아르타세르세스에게 허락을 받지 않고는 안 돼. 그런데 나는 지금 그와 말다툼을 벌이고 싶지 않거든. 그래도 너를 집으로 보내 주는 정도는 괜찮을 게다. 어쨌든 아르타세르세스는 마음만 내키면 언제라도 널 돌려보낼 수 있어. 하지만 그가 정말로 화가 나면 다음에는 장난감 가게보다 더 고약한 곳으로 보내 버릴지도 모르지."

로버에게는 전혀 마음에 들지 않는 소리였어. 그래서 그는 이렇게 작은 몸으로 집에 돌아가면 고양이 팅커를 제외하곤 누구도 알아보지 못할 테고, 현재 상태로 팅커에게 주목받는 건 정말로 싫다고 조심스럽게 말했단다.

"좋아!" 프사마소스가 말했어. "뭔가 다른 방안을 생각해 봐야겠군. 그러는 동안에, 네가 다시 진짜 개가 되었으니 먹을 것을 좀 줄까?"

로버가 '네, 제발요! 네! 제발!'이라고 말하기도 전에 바로 눈앞의 모래밭에 빵과 고기 국물, 그리고 딱 적당한 크기의 작은 뼈다귀 두 개가 담긴 작은 접시가 나타났단다. 그리고 물이 가득 담긴 작은 물그릇 둘레를 돌아가며 작은 파란색 글씨로 '마셔라 강아지야 마셔'라고 적혀 있었지. 로버는 '이걸 어떻게 하셨어요?—감사합니다!'라고 말하기도 전에 거기 있는 것을 모두 먹고 마셨단다.

그러다가 갑자기 '감사합니다'라고 말해야겠다는 생각이 떠올랐어. 마법사나 그런 부류의 사람들은 꽤 화를 잘 내는 것 같았거든. 프사마소스는 그저 빙그레 웃기만 했어. 그래서 로버는 따뜻한 모래밭에서 잠이 들었단다. 꿈속에서 뼈다귀를 보았고, 고양이를 쫓아서 자두나무에 올라갔는데 고양이가 초록색 모자를 쓴 마법사로 변하더니 애호박만한 거대한 자두를 그에게 던져 댔지. 바람이 계속 살랑거리며 불어와 모래를 날려서 로버의 머리까지 거의 파묻히도록 덮었단다.

바로 이렇게 되어서 어린 소년들이 로버를 찾지 못한 거야. 어린 소년 투가 로버를 잃어버린 것을 알자마자 그를 찾으러 일부러 작은 만에 내려왔거든. 이번에는 그들의 아버지도 함께 왔지. 그들은 찾고 또 찾았는데 해가 기울기 시작하고 차를 마실 시간이 되었어. 그러자 그 아버지는 아들들을 데리고 집으로 돌아갔고 그곳에 더 머물지 않으려 했어. 그는 이곳에 관한 괴이한 것을 너무나 많이 알고 있었거든. 어린 소년 투는 그 후 얼마간 (같은 가게에 있던) 3페니짜리 평범한 장난감 강아지로 만족해야 했단다. 그런데 어찌 된 일인지 그 아이는 로버와 함께 있던 시간이 아주 짧았는데도 애원하던 그 작은 개를 잊지 못했어.

그 순간에 그 아이가 강아지 하나도 없이 몹시 슬퍼하는 얼굴로 차를 마시려고 탁자에 앉는 것을 너희들은 상상할 수 있겠지. 바로 그 시간에 멀리 떨어진 내지에서는 어느 노부인이 잃어버린 강아지를 찾는다는 광고문을 쓰고 있었어. 로버가 적절한 크기의 평범한 강아지였을 때 그를 버릇없게 키운 부인이었지. '검은 귀에 흰색 강아지이고 로버라고 부르면 대답함'이라고 썼단다. 그 시간에 로버는 모래밭에서 잠을 자고 있었고 바로 옆에서 프사마소스는 뚱뚱한 배 위에 짧은 팔을 포개고 졸고 있었어.

2

로버가 깨어나 보니, 해가 아주 많이 기울어 절벽의 그림자가 모래밭을 가로질러 드리워져 있었지. 그런데 프사마소스는 어디에도 보이지 않았어. 대신 큰 갈매기 한 마리가 옆에 서서 그를 바라보고 있었단다. 로버는 갈매기가 자기를 잡아먹을까 봐 더럭 겁이 났지.

그런데 갈매기가 말했어. "멋진 저녁이야! 네가 깨어나기를 난 오래 기다렸어. 프사마소스는 네가 차 마실 시간쯤 깨어날 거라고 했는데 벌써 한참 지났거든."

"실례지만 저를 왜 기다리신 건가요, 새 아저씨?" 로버가 아주 공손하게 물었단다.

"내 이름은 뮤야." 갈매기가 대답했어. "달이 뜨면 달빛길을 따라 널 데려가려고 기다리고 있었지. 하지만 그전에

63

할 일이 한두 가지 있어. 내 등에 올라타서 공중을 나는 것이 얼마나 마음에 드는지 알아보렴!"

처음에 로버는 전혀 마음에 들지 않았어. 뮤가 땅 가까이에서 날개를 꼿꼿이 편 채 미끄러지듯 부드럽게 날아갈 때는 괜찮았지. 하지만 공중으로 쏜살같이 치솟아 오르거나, 이리저리 급격히 방향을 돌려 매번 다른 방식으로 내려오거나 또는 마치 바닷속으로 뛰어들려는 듯이 갑자기 가파르게 하강하면 그 작은 개는 귓속에서 바람이 왱왱거리는 가운데 그저 안전하게 땅에 내려앉기만을 바랐단다.

로버가 몇 번이나 그렇게 말해 봤지만, 뮤는 이렇게만 대답했어. "꼭 잡고 있어! 우린 아직 시작도 안 했어!"

그들은 한동안 이렇게 날아다녔어. 로버가 그것에 익숙해지게 되었을 때, 아니 지치게 되었을 때 갑자기 뮤가 소리쳤단다. "출발하자!" 로버는 하마터면 떨어질 뻔했지. 뮤가 로켓처럼 공중으로 가파르게 솟아올라서 곧장 바람을 타고 빠른 속도로 출발했거든. 곧 까마득히 높이 올라갔어. 로버는 저 멀리 땅 너머 해가 어두운 산맥 뒤로 내려가는 것을 볼 수 있었지. 그들은 깎아지른 바위들이 늘어선 아주 높고 시커먼 절벽을 향해 가고 있었어. 너무나 가팔라

64

서 아무도 올라갈 수 없는 절벽이었지. 그 바닥에서는 바닷물이 절벽의 발치에 부딪혀 부서지며 휘감았어. 절벽 표면에는 아무것도 자라지 않았지만, 하얀 것들로 뒤덮여 어스름 속에서 흐릿하게 보였지. 수백 마리의 바닷새들이 절벽에 튀어나온 좁은 바위틈에 앉아 구슬프게 얘기를 나누기도 하고, 입을 다물고 있기도 했지. 때로는 앉아 있던 곳에서 갑자기 날아올라 공중에서 급강하하며 포물선을 그리고 저 아래 파도가 작은 주름처럼 밀려오는 바다에 뛰어들었단다.

이곳은 뮤가 사는 곳이었어. 그는 출발하기 전에 검은등갈매기들 중 가장 나이 많고 가장 중요한 갈매기를 포함해서 여럿을 만나야 했고 전갈傳喝들을 수집해야 했지. 그래서 그는 로버를 좁은 바위틈에 내려놓았는데, 문간보다도 좁은 곳에 내려놓고는 거기서 기다리라고 하고 떨어지지 말라고 말했단다.

너희들도 짐작하겠지만 로버는 떨어지지 않으려고 무진 애를 썼단다. 옆에서 거센 바람이 불어오는데 절벽 표면에 가급적 딱 달라붙어서 웅크리고는 낑낑거리면서 전혀 좋은 기분이 아니었지. 마법에 걸린 데다 근심이 많은 어린 강아지에게는 더없이 불쾌한 곳이었어.

이윽고 햇빛이 사그라들다가 하늘에서 완전히 사라졌고, 바다 위에 옅은 안개가 끼었지. 짙어 가는 어둠 속에서 처음 나온 별들이 모습을 드러냈단다. 그리고 나서 둥글고 노란 달이 안개 위로 먼바다를 가로질러 솟아올라 물 위에 빛나는 길을 깔기 시작했지.

오래지 않아 뮤가 돌아왔고, 처량하게 떨고 있던 로버를 태워 주었어. 절벽의 바위틈에서 냉기에 떨었던 터라 로버는 따뜻하고 안락하게 보이는 새의 깃털 속으로 최대한 파고들었단다. 그러자 뮤는 바다 위 공중으로 휙 날아올랐고, 다른 갈매기들도 모두 바위틈에서 날아올라 소리치고 울어 대며 그들에게 작별 인사를 했어. 그러는 동안 그들은 달빛 길을 따라서 재빨리 날아갔단다. 지금 그 길은 해안에서부터 '어딘지 모르는 곳'의 새까만 가장자리까지 곧게 뻗어 있었지.

로버는 달빛 길이 어디로 이어지는지를 전혀 알지 못했어. 당장은 너무 겁이 나고 흥분한 나머지 물어볼 엄두도 나지 않았지. 어쨌든 자기에게 일어나는 기이한 일들에 적응하기 시작했단다.

그들이 바닷물 위에서 아른아른 빛나는 은색 길을 따라 날아갈 때, 달은 더 높이 떠올라서 더욱 하얗고 환하게 빛났어. 어떤 별도 감히 가까이에서 머물려 하지 않아서 달이 홀로 남아 동쪽 하늘에서 빛나고 있었지. 의심할 바 없이 뮤는 프사마소스의 명령에 따라서 로버를 프사마소스가 보내려는 곳으로 가고 있었어. 또한 의심할 바 없이 프사마소스가 뮤를 마법으로 돕고 있었어. 왜냐하면 뮤는 커다란 갈매기들이 보통 급한 일이 있을 때 바람을 타고 곧바로 날 때보다도 더 빨리, 더 곧바르게 날았거든. 그렇지만 아주 오랜 시간 동안 로버는 달빛과 저 아래 바다 외에는 아무것도 볼 수 없었지. 그동안 달은 점점 더 커지고 공기는 점점 더 차가워졌단다.

갑자기 바다의 가장자리에 있는 검은 물체가 눈에 들어왔어. 그들이 그쪽으로 날아가는 동안 그것은 점점 커졌고, 이윽고 로버는 그것이 섬이라는 것을 알 수 있었단다. 개들이 짖어 대는 엄청나게 큰 소리가 바닷물 위로 그들에게 들려왔어. 크고 작게 짖어 대는 온갖 종류의 소리들이 합쳐진 소음이었지. 캥캥과 컹컹, 왈왈과 월월, 으르렁과 그르렁, 힝힝과 징징, 킥킥과 꺽꺽, 낑낑과 꽁꽁, 그리고 식인 귀신

67

의 뒷마당에 있는 거대한 블러드하운드처럼 짖어 대는 엄
청난 소리가 들려왔어. 갑자기 로버의 목둘레 털이 정말 진
짜가 되어 뻣뻣하게 곤두섰단다. 로버는 저 아래로 내려가
서 저기 있는 모든 개들과 말다툼을 벌이고 싶어졌지. 자기
가 얼마나 작은 개인지를 떠올릴 때까지는 말이야.

"저기가 개들의 섬이야." 뮤가 말했어. "아니, 실종된 개
들의 섬이라고 하는 편이 낫겠구나. 실종된 개들 중에 자
격이 있거나 운 좋은 개들이 가는 곳이지. 개들에게는 나쁜
곳이 아니라고 들었어. 조용히 하라고 야단치거나 물건을
던지는 사람 없이 개들이 내키는 대로 실컷 시끄러운 소리
를 내도 되니까. 달빛이 환히 비출 때마다 저 개들은 아름
다운 음악회를 열어 자기들이 좋아하는 소리로 모두 함께
짖어 댄단다. 저기에는 뼈다귀 나무도 있다고 들었어. 육즙
이 있는 고기 뼈가 과일처럼 달려서 익으면 나무에서 떨어
진단다. 아니! 우리는 지금 저기로 가는 게 아니야! 알다시
피 넌 지금 순전히 장난감은 아니지만, 정확히 말해서 개라
고 부르기도 힘들어. 사실 프사마소스는 네가 집에 돌아가
고 싶지 않다고 했을 때 너를 어찌해야 할지 몰라 곤혹스러
웠던 것 같아."

"그럼 우리는 어디로 가는 거죠?" 로버가 물었지. 뼈다귀 나무에 대해 듣고 나니 개들의 섬을 더 잘 보지 못해 실망스러웠어.

"달빛 길을 따라 똑바로 세계의 끝으로 갈 거야. 그리고 그 끝을 넘어 달에 가는 거야. 프사마소스 영감님이 그렇게 말했어."

로버는 세계의 끝을 넘어간다는 생각이 전혀 마음에 들지 않았어. 달은 꽤 추운 곳으로 보였지. "달에는 왜 가요?" 그가 물었어. "이 세상에는 아직 제가 가 보지 못한 곳이 많은데요. 달에 뼈다귀가 있다는 얘기는 들어 본 적이 없어요. 개가 있다는 말도요."

"적어도 한 마리는 있어. 달나라 사람이 개를 기르거든. 그분은 모든 마법사 중에서 가장 훌륭한 분일뿐더러 점잖은 영감님이기도 하니까 그 개에게 줄 뼈다귀가 틀림없이 있을 거야. 아마 방문객을 위한 뼈다귀도 있겠지. 너를 왜 그곳으로 보내는지에 대해서는, 아마 네가 머지않아 알게 될 거야. 만일 네가 정신을 바짝 차리고, 불평하면서 시간을 낭비하지 않는다면 말이지. 프사마소스 영감님이 네게 이렇게 신경을 써 주시다니 굉장히 친절하신 것 같아. 사실

69

난 그분이 왜 이렇게 하시는지 이해하지 못하겠어. 훌륭하거나 중요한 이유도 없이 무언가를 하는 것은 전혀 그분답지 않거든—그런데 너는 훌륭해 보이지도, 중요해 보이지 않으니."

"고맙군요." 로버는 참담한 기분으로 말했지. "이 마법사분들은 매우 친절하게도 저에 대해 애를 많이 써 주셨어요. 하지만 그게 좀 속상해요. 일단 마법사들이나 그 친구들과 엮이게 되면 다음에 어떤 일이 벌어질지 알 수 없거든요."

"요란하게 짖어 대는 작은 애완용 강아지에게는 분에 넘치게 좋은 행운이야." 갈매기가 이렇게 말하고 나자 그들은 한참 동안 얘기를 나누지 않았단다.

달은 더욱 커지며 밝아졌고, 저 아래 세계는 더욱 어두워지고 멀어졌어. 마침내, 갑자기, 세계의 끝에 이르렀단다. 로버는 저 아래 암흑 속에서 빛을 발하는 별들을 볼 수 있었어. 저 밑에 세계의 가장자리 너머로 폭포가 흘러내려 곧바로 우주로 떨어지는 곳에서 달빛에 비친 흰 물보라를 볼 수 있었지. 그것을 보자 아찔하고 어질어질해서 로버는 뮤의 깃털에 파고들었고 오래, 아주 오랫동안 눈을 꼭 감고

70

있었단다.

그가 눈을 떴을 때는 달이 그들 아래 펼쳐져 있었어. 눈처럼 하얗게 빛나는 새로운 세계였는데 연푸른색과 연녹색의 넓은 공간이 탁 펼쳐져 있었고 높고 뾰족한 산들이 그 바닥을 가로질러 멀리까지 긴 그림자를 드리웠지.

이 높은 산들 중에서도 너무 높이 솟아서 그들을 찌를 듯이 뾰족한 산꼭대기로 뮤가 내려갔단다. 로버는 하얀 탑을 볼 수 있었어. 분홍색과 연녹색 줄이 들어간 하얀 탑이었는데, 마치 아직도 거품에 젖어 반짝이는 조가비 수백만 개로 만들어진 듯이 은은히 빛나고 있었지. 그 탑은 하얀 벼랑의 끝에 서 있었는데, 백악의 절벽처럼 희었지만 달빛을 받아 구름 한 점 없는 밤에 멀리서 보이는 유리창보다 더 밝게 빛났단다.

로버가 보기에는 그 절벽에서 내려가는 길이 없었어. 하지만 그 순간에는 그게 중요한 문제가 아니었지. 뮤가 신속히 하강하고 있었고, 곧 그 탑의 지붕에 내려앉았거든. 달나라 세계에서도 아찔하도록 높은 곳이라서 그에 비하면 뮤가 살던 바닷가 절벽들은 나지막하고 안전하게 보일 정도였지.

그들이 지붕에 내려앉자 놀랍게도 바로 옆에서 작은 문이 즉시 열리더니 은빛 수염이 길게 늘어진 노인이 고개를 불쑥 내밀었어.

"속도가 나쁘진 않았어!" 그가 말했단다. "네가 세계의 끝을 넘어설 때부터 시간을 쟀거든. 계산해 보니 1분에 1,600킬로미터를 날았더구나. 오늘 아침에는 몹시 서두른 모양이지! 네가 내 개와 부딪히지 않아 다행이다. 도대체 이놈은 어디 간 거람?"

노인이 엄청나게 기다란 망원경을 꺼내 한쪽 눈에 대고 보았어.

"저기 있구나! 저기 있어!" 그가 소리쳤지. "달빛을 또 괴롭히고 있군. 제기랄! 여보게, 내려오시게! 내려오시라고!" 그는 허공에다 소리를 질렀고, 맑은 은빛 소리로 휘파람을 길게 불었단다.

로버는 허공을 올려다보았어. 이 우스운 노인이 하늘에 있는 개에게 휘파람을 불다니 완전히 미쳤다고 생각했지. 그런데 놀랍게도 탑 위쪽으로 높은 곳에서 투명한 나비 같은 것을 쫓아다니는 하얀 날개가 달린 하얀 강아지가 보였단다.

"로버! 로버!" 노인이 소리쳤어. 이 노인이 어떻게 자기 이름을 알고 있는지를 생각할 겨를도 없이 우리의 로버가 뮤의 등에서 펄쩍 뛰면서 '여기 있어요!'라고 말할 찰나, 날개 달린 작은 개가 하늘에서 갑자기 내려와 노인의 어깨에 앉는 것이 보였지.

그제야 로버는 달나라 사람의 개도 로버라고 불린다는 것을 깨달았단다. 전혀 기분 좋은 일이 아니었지만 아무도 그를 주목하지 않았기에 다시 주저앉아 혼자 으르렁대기 시작했지.

달나라 사람의 로버는 귀가 좋아서 그 소리를 듣고는 당장 탑 지붕으로 뛰어올라 미친 듯이 짖어 댔어. 그러고는 앉아서 으르렁거렸지. "누가 저 개를 여기 데려왔어요?"

"저 개라니?" 달나라 사람이 말했어.

"갈매기 등에 업힌 덜떨어진 작은 강아지요." 달나라 개가 말했지.

그러자, 물론, 로버는 벌떡 일어나 가장 큰 소리로 짖어 댔단다. "너야말로 덜떨어진 작은 개야! 개라기보다는 고양이나 박쥐와 더 비슷한데 네 이름을 로버라고 부를 수 있다고 누가 그랬어?" 이렇게 오간 말에서 그 강아지들이 오래

74

지 않아 아주 친해지리라는 것을 너희들은 짐작할 수 있겠지. 어쨌든 작은 개들이 같은 종류의 낯선 개를 만나면 보통 이런 식으로 말하니까.

"아, 너희 둘 다 멀리 날아가 버려! 그리고 시끄럽게 굴지 마라! 난 우편배달부와 이야기하고 싶으니까." 달나라 사람이 말했어.

"가자, 작은 꼬마야!" 달나라 개가 말했지. 그제야 로버는 아주 작은 달나라 개에 비해서도 자기가 얼마나 작은 꼬마인지를 깨달았단다. 그래서 무례한 말로 짖어 대지 않고 그저 이렇게만 말했어. "나도 그러고 싶어. 내게 날개가 있고, 나는 법을 알기만 한다면."

"날개라고?" 달나라 사람이 말했어. "그거야 쉬운 일이지! 날개 한 쌍을 갖고 가 버려라!"

뮤가 웃었어. 그러더니 정말로 로버를 자기 등에서 떨쳐내 버렸단다. 탑의 지붕 끄트머리 너머로 말이야! 로버는 너무 깜짝 놀라 숨이 턱 막혔어. 수십 킬로미터 아래 계곡의 하얀 바위로 돌멩이처럼 떨어지고 또 떨어지는 자신을 상상하기 시작했을 때, 자신에게 (자기 모습과 어울리는) 검은 점이 박힌 아름다운 흰 날개 한 쌍이 있다는 것을 알아차렸단다. 그렇더라도 아주 많이 떨어지고 나서야 멈출 수 있었지. 날개에 익숙하지 않았으니까 말이야. 날개에 제대로 익숙해지기까지 시간이 조금 걸렸어. 하지만 달나라 사람이 뮤와 이야기를 끝내기도 한참 전에 로버는 벌써 달나라 개를 쫓아 탑 주위를 빙빙 돌고 있었지. 로버가 난생처음 날아 보려고 애쓰다가 지치기 시작했을 때쯤에 달나라 개는 산꼭대기로 급강하해서 절벽 기슭의 벼랑에 앉았어. 로버는 그를 따라 내려갔고, 곧 두 강아지는 나란히 앉아 혀를 내밀고 헐떡이며 숨을 돌렸단다.

"그래, 너도 내 이름을 따라 로버라고 불린다고?" 달나라 개가 말했어.

"네 이름을 따른 건 아니야." 우리의 로버가 말했지. "여주인님은 내게 이름을 붙여 주실 때 너를 전혀 모르셨을 거야."

"그건 중요하지 않아. 몇천 년 전에도 로버라고 불린 첫 번째 개가 바로 나였으니까. 그러니 너도 내 이름을 따라 로버라고 불린 게 틀림없어! 나는 **정말로** 로버(Rover, 방랑자라는 뜻—역자 주)였어! 여기 오기 전까지 어느 한곳에 머물지 않고 누구에게도 속하지 않았거든. 강아지였던 시절부터 오로지 달아나기만 했어. 계속 뛰고 돌아다녔는데 그러다가 어느 맑은 아침에, 아주 화창한 아침에 햇살을 눈에 받으며 나비를 쫓다가 세계의 끄트머리 너머로 떨어지고 말았어.

정말이지 불쾌한 기분이었지! 운 좋게도 딱 그 순간에 달이 바로 세계 밑을 지나고 있었어. 구름들 사이로 똑바로 떨어지다가 별똥별들과 부딪히기도 하고 그런 일을 겪으면서 끔찍한 시간을 보낸 후에 달에 굴러떨어졌어. 여기 사는 거대한 회색 거미들이 산과 산 사이에 쳐 놓는 엄청난 은빛 거미줄에 털썩 떨어진 거야. 거미 한 마리가 나를 독침으로 쏴서 식품 저장실로 끌고 가려고 막 사다리에서 내려오고 있었는데 그때 달나라 사람이 나타났어.

영감님은 자기 망원경으로 달의 이쪽 면에서 벌어지는 모든 일을 속속들이 볼 수 있거든. 거미들은 영감님을 무서워해. 거미들이 그를 위해 은실과 밧줄을 자을 때만 그들을 그냥 내버려 두기 때문이야. 영감님은 거미들이 용나방과 그림자박쥐만 먹고 사는 척하지만 그의 달빛을 잡아먹는다고—물론 절대로 용납하지 않을 일이지—꽤 확신하고 계셨어. 그런데 거미의 식품 저장실에서 달빛의 날개를 발견하고는 그 거미를 아주 재빨리 돌덩이로 바꿔 버렸지. 그러고는 나를 집어 올려 쓰다듬으며 말했어. '무섭게 떨어지더구나! 앞으로의 사고를 방지하기 위해 네게 날개가 있는 편이 좋겠어. 이제 날아가서 즐겁게 놀아라! 달빛을 괴롭히지 말고, 내 흰토끼들을 죽이지 말거라! 배가 고프면 집에 돌아와라. 지붕 위의 창문은 항상 열려 있단다!'

나는 영감님이 괜찮은 사람이지만 좀 미쳤다고 생각했어. 하지만 그런 실수를 저지르면 안 돼—그러니까, 영감님이 미쳤다든가 그런 말을 하면 안 된다는 말이야. 나는 영감님의 달빛이나 토끼들을 해치는 건 엄두도 내지 못해. 영감님이 널 끔찍하게 불편한 모습으로 바꿔 버릴 수도 있거든. 이제 네가 왜 우편배달부와 함께 왔는지 말해 줘!"

"우편배달부라고?" 로버가 말했어.

"그래, 물론 뮤 말이야. 모래주술사 영감의 우편배달부." 달나라 개가 말했지.

로버가 자기 모험에 대한 이야기를 끝내기도 전에 달나라 사람의 휘파람 소리가 들려왔단다. 그들은 지붕으로 쏜살같이 올라갔지. 노인은 다리를 바위 너머로 늘어뜨린 채 앉아 있었고, 편지를 꺼내기가 무섭게 봉투를 내던졌어. 바람이 봉투를 잡아 빙글빙글 돌리며 하늘로 날렸고, 뮤가 따라 날아가서 봉투들을 잡아 작은 가방에 다시 집어넣었단다.

"방금 너에 대한 편지를 읽었단다, 로버랜덤, 내 강아지야." 그가 말했어. "(내가 너를 로버랜덤이라고 불렀으니 넌 로버랜덤이 되어야 해. 여기에 로버가 둘이 있을 순 없으니까.) 그리고 네가 여기 잠시 머무는 것이 좋겠다는 내 친구 사마소스(그를 즐겁게 해 주려고 그 우스꽝스러운 '프' 자를 넣어서 발음하지는 않을 거야)의 의견에 전적으로 동의한단다. 또 아르타세르세스의 편지도 받았지. 네가 그를 아는지 몰라도, 아니 알지 못하더라도, 그는 너를 곧바로 돌려보내라고 하는구나. 네가 달아났다고, 그리고 사마소스가 너를 도와줬다고 화가 나서 길길이 날뛰는 모양이야. 하지만 우리는 그에 대해 신경 쓰지 않을 거야. 너도 여기에 있는 한 신경 쓸 필요가 없단다.

이제 날아가서 즐겁게 놀아라! 달빛을 괴롭히지 말고, 내 흰토끼들을 죽이지 말거라! 배고프면 집에 돌아와라. 지붕 위의 창문은 항상 열려 있단다. 안녕!"

그는 즉시 옅은 공기 속으로 흔적도 없이 사라져 버렸어.

거기에 가 본 적이 없는 사람이라면 누구든지 달의 공기가 얼마나 희박한지 말해 줄 거야.

"자. 안녕, 로버랜덤!" 뮤가 말했단다. "네가 마법사들 사이에서 말썽 부리며 즐겁게 지내길 바라. 당분간은 작별하자. 흰토끼들을 죽이지 마. 그러면 모두 잘 풀릴 거야. 그리고 집에 무사히 돌아갈 수 있을 거야. 네가 원하든 그렇지 않든 말이지."

그리고 나서 뮤는 눈 깜짝할 사이에 날아올랐어. 너희들이 '쌩!'이라고 말하기도 전에 하늘에 한 점이 되더니 이윽고 사라졌단다. 로버는 장난감 크기로 작아진 데다 이제 이름도 바뀌었고 달나라에 완전히 혼자—달나라 사람과 그의 강아지를 제외하면—남겨졌지.

그래도 로버랜덤—우리도 혼동하지 않도록 당분간은 그를 이렇게 부르는 게 낫겠지—은 개의치 않았단다. 새로 생긴 날개가 아주 신기했고, 달은 꽤 흥미로운 곳으로 보였거든. 그래서 프사마소스가 자신을 왜 이곳으로 보냈는지에 대해 생각해 볼 것도 까마득히 잊었어. 오랜 시간이 지나고 나서야 알아냈지.

그사이에 그는 온갖 모험을 했단다. 혼자서도 하고 달나라 로버와도 했지. 탑에서 아주 멀리 떨어진 허공을 날아다니는 경우는 흔치 않았어. 달에서, 특히 하얀 면에 사는 곤충들은 아주 크고 사나운데 너무 흐릿하고 투명한 데다 아무 소리도 내지 않기 때문에 가까이 다가와도 듣거나 볼 수 없단다. 달빛은 고작해야 빛을 발하고 퍼덕일 뿐이라서 로버랜덤은 그것이 무섭지 않았어. 크고 하얀 용나방은 눈이 불타듯 이글거려서 훨씬 더 무서웠지. 그리고 검파리, 강철 올가미 턱을 가진 유리딱정벌레, 창 같은 침이 달린 흐릿한 유니콘벌, 그리고 잡는 것은 무엇이든 먹어 치우려는 거미가 57종이나 있었어. 그런데 벌레들보다 더 나쁜 것은 그림자박쥐였어.

달의 이쪽 면에서 로버랜덤은 새들과 똑같이 행동했단다. 집 근처나 사방이 잘 보이는 장소, 그리고 벌레들의 은신처에서 멀리 떨어진 곳이 아니면 날아다니지 않았어. 그는 아주 살금살금 걸어 다녔고 특히 숲속에서 그랬지. 숲속에 있는 것들은 대부분 아주 조용히 돌아다녔고 새들은 거의 지저귀지 않았단다. 숲에서 나는 소리는 주로 식물이 내는 소리였어. 하얀종, 예쁜종, 은종, 딸랑종, 울림장미, 그리고 라임로열, 페니피리, 양철나팔과 크림뿔나팔(아주 흐릿한 미색이었어), 그리고 이름을 옮길 수 없는 많은 꽃들이 온종일 노래를 불렀지. 그리고 깃털 풀들과 양치식물—요정 현, 폴리포니즈, 금관 혀, 쩌저적고사리, 그리고 우윳빛 연못가의 갈대들이 밤에도 부드럽게 음악을 연주했어. 실은 언제나 희미하고 가냘픈 음악이 들려오고 있었단다.

그러나 새들은 아무 소리도 내지 않았어. 새들은 대부분 아주 작아서 나무들 밑의 잿빛 풀밭에서 깡충깡충 뛰면서 파리와 달려드는 펄나비flutterbies를 피해 다녔지. 그리고 날개를 잃어버렸거나 사용하는 법을 잊어버린 새들도 많았어. 로버랜덤은 흐릿한 풀 사이로 조용히 돌아다니며 작은 흰쥐를 사냥하거나 숲가에서 회색 다람쥐의 냄새를 쫓다가 땅 위의 작은 둥지 속에 있는 새들을 깜짝 놀라게 하곤 했지.

숲은 은종으로 뒤덮여 있었어. 처음 보았을 때 은종들은 다 함께 부드럽게 울리고 있었지. 그 은빛 카펫에서 장대한 검은 나무 몸통들이 교회처럼 높이 곧게 치솟았고, 그 우듬지는 절대 떨어지지 않는 연푸른 잎들로 덮여 있었어. 그래서 지구에서 아무리 긴 망원경으로 봐도 그 높다란 나무 몸

통들과 그 밑에 있는 은종이 보이지 않았던 거야. 연중 후
반기가 되면 나무들은 다 같이 연한 금색 꽃망울을 터뜨렸
단다. 그리고 달나라에는 숲이 끝없이 펼쳐져 있으므로, 그
꽃들 때문에 저 아래 세계에서 보이는 달의 모습이 달라진
다는 것은 의심할 바 없지.

 그런데 로버랜덤이 그저 그렇게 살금살금 돌아다니며 시
간을 보냈다고 상상해선 안 된단다. 어쨌든 이 강아지들은
달나라 사람이 자기들을 지켜본다는 것을 알고 있었어. 그
들은 모험을 많이 하면서 아주 재미있게 놀았지. 때로는 아
주 멀리까지 가서 헤매며 돌아다녔고 며칠간 탑으로 돌아
가는 것을 잊기도 했어. 한 두어 번인가 아주 멀리 있는 산
들에 올라갔었지. 그러다가 되돌아보니 달의 탑이 멀리서
반짝이는 바늘처럼 보였단다. 두 강아지는 흰 바위에 앉아
서 (달나라 사람의 로버보다 크지 않은) 작은 양들이 산비탈에
서 떼 지어 돌아다니는 것을 보았지. 양들에게는 모두 금
색 종이 매달려 있었어. 양들이 신선한 잿빛 풀을 한입 가
득 먹으려고 한 발을 내밀 때마다 종이 울렸지. 모든 종이
곡조를 맞추어 울렸고, 양들은 새하얀 눈처럼 빛났지만 누

구도 그것들을 괴롭히지 않았어. 두 로버는 교육을 너무 잘 받았기에 (그리고 달나라 사람이 두려워서) 양들을 못살게 굴지 않았지. 달에는 다른 개가 없고, 소도 말도 사자도 호랑이도 늑대도 없었어. 실은 네 발 달린 것으로 토끼와 다람쥐(그것도 장난감 크기의)보다 더 큰 것은 없었단다. 다만 어쩌다 엄숙하게 생각에 잠겨 서 있는 당나귀만 한 크기의 거대한 하얀 코끼리가 목격되곤 했지. 내가 용에 대해서는 언급하지 않았는데 그건 아직 이야기에 등장하지 않기 때문이야. 어쨌든 용들은 탑에서 아주 멀리 떨어진 곳에서 살았고 달나라 사람을 몹시 두려워했어. 한 마리를 제외하면 말이지(그조차도 조금은 두려워했단다).

개들이 탑으로 돌아가 창문으로 날아 들어가면 언제나 저녁 식사가 딱 맞게 준비되어 있었단다. 마치 자기들이 식사 시간을 정해 놓은 듯이 말이야. 하지만 거기서 달나라 사람은 보이지도, 들리지도 않았어. 그는 지하실에 작업장이 있었는데, 하얀 증기와 열은 회색 안개가 피어올라 구름처럼 계단을 따라 올라와서 위쪽 창문으로 흘러 나가곤 했지.

"영감님은 온종일 무엇을 하시는 거지?" 로버랜덤이 로버에게 물었어.

"뭘 하시냐고?" 달나라 개가 말했지. "오, 언제나 꽤 바쁘셔. 그런데 네가 도착한 이후로는 내가 오랫동안 봐 왔던 것보다 더 바빠지신 모양이야. 아마 꿈을 만들고 있을 거야."

"무엇 때문에 꿈을 만드는데?"

"오! 달의 반대쪽에서 쓰기 위해서지. 이쪽에선 누구도 꿈을 꾸지 않아. 꿈을 꾸는 자들은 모두 뒤쪽으로 돌아가거든."

로버랜덤은 앉아서 머리를 긁적였어. 그 설명으로는 설명이 되지 않는 것 같았거든. 그래도 달나라 개는 더 말해 주지 않았어. 너희들이 내 의견을 알고 싶다면, 내 생각으로는 로버도 그것에 대해 잘 아는 것 같지 않구나.

그런데 얼마 지나지 않아 어떤 사건이 벌어졌는데 그것 때문에 그런 의문들은 로버랜덤의 머릿속에서 한동안 사라지고 말았어. 강아지 두 마리가 아주 신나는 모험을 했거든. 모험을 계속하는 동안에 지나치게 신이 났어. 하지만 그건 그들의 잘못이었단다. 그들은 며칠간 집을 떠나 있었는데, 로버랜덤이 온 이후로 예전에 나갔던 것보다 훨씬 멀리 갔지. 그런데 자기들이 어디로 가는지를 생각해 보려 하

지도 않았단다. 사실 그들은 길을 잃었던 거야. 돌아가는
길이라고 생각했지만 실은 잘못 생각해서 탑에서 점점 멀
어지고 있었어. 달나라 개는 자기가 달의 하얀 면을 두루두
루 돌아다녀 보아서 속속들이 알고 있다고 말했지만 (그는
과장해서 말하는 버릇이 있었어) 나중에는 그 지역이 좀 낯설
어 보인다고 인정해야 했지.

"이곳에 와 본 지 꽤 오래된 것 같아." 그가 말했어. "그래
서 길을 좀 잊어버렸나 봐."

사실 그 강아지는 그곳에 와 본 적이 없었단다. 이리저리
헤매다가 자기들도 모르는 사이에 그들은 어두운 면의 어
둑한 가장자리에 너무 가까이 다가간 거였어. 반쯤 잊힌 온
갖 것들이 머물고 길들과 기억들이 혼란스럽게 뒤섞이는
곳이었지. 마침내 그들이 집으로 가는 길을 제대로 찾았다
고 확신했을 때, 우뚝 솟은 고요하고 헐벗고 불길한 높은
산들이 눈앞에 보이는 바람에 깜짝 놀랐단다. 달나라 개는
전에 이 산들을 본 적이 있는 척하지 않았어. 산은 흰색이
아니라 회색이었고, 마치 오래된 차가운 재가 쌓인 것 같았
어. 산들 사이에 길고 어둑한 골짜기가 있었는데 살아 있는
것이라고는 흔적도 보이지 않았지.

그때 눈이 내리기 시작했어. 달에도 눈이 종종 내린단다. 그런데 (그들이 눈이라고 부르는) 그것은 대체로 기분 좋고 따뜻한데 아주 건조해서 미세한 흰 모래로 바뀌어 날아가 버리지. 지금 내리는 눈은 우리가 아는 것과 비슷했어. 축축하고 차가웠지. 그리고 지저분했어.

"이걸 보니 고향 생각이 나네." 달나라 개가 깽깽 짖었어. "내가 강아지로 살던 마을에 떨어지던 것과 아주 비슷해. 알다시피 저 세계에서 말이야. 아! 거기 굴뚝은 달나라 나무들만큼 높다랗지. 시커먼 연기에 붉은 난롯불! 난 하얀색에 좀 싫증이 날 때가 가끔 있어. 달에서는 더러워지기가 아주 어렵지."

이 말은 오히려 달나라 개의 저급한 취향을 보여 주었지. 그리고 수백 년 전에는 저 세계에 그런 마을이 없었기 때문에 그가 세계의 가장자리 너머로 떨어진 이후 수백 년이 흘렀다고 말했을 때 시간을 상당히 과장했다는 것도 알 수 있었어. 그런데 바로 그 순간, 특히 크고 더러운 눈송이가 그의 왼쪽 눈에 떨어지는 바람에 그는 생각을 바꾸었단다.

"내 생각에 이 눈송이는 길을 잃고 야만적인 옛 세계에서 떨어진 것 같아." 그가 말했어. "젠장! 그런 데다 우리는 길을 완전히 잃은 것 같아. 제기랄! 기어 들어갈 만한 구멍을 찾아보자!"

어떤 구멍이든 찾는 데 시간이 좀 걸렸어. 그래서 그들은 그사이에 온몸이 흠뻑 젖었고 추웠단다. 사실 너무나 비참한 상태라서 두 강아지는 제일 먼저 발견한 은신처에 들어갔고 조금도 경계하지 않았어. 달의 가장자리에 있는 낯선 곳에서 제일 먼저 해야 할 일이 바로 그건데 말이지. 그들이 기어 들어간 피난처는 구멍이 아니라 동굴이었고, 게다가 아주 커다란 동굴이었어. 어두웠지만 바짝 말라 건조한 곳이었지.

"여긴 기분 좋고 따뜻하구나." 달나라 개가 말했어. 그는 눈을 감더니 거의 즉시 잠에 곯아떨어졌단다.

"오우!" 그러더니 얼마 지나지 않아 편안한 꿈에서 깨어나 정신이 번쩍 든 개처럼 컹컹 짖었어. "너무 따뜻하잖아!"

그는 펄쩍 뛰어 일어났어. 동굴 안쪽으로 깊숙이 들어간 곳에서 작은 로버랜덤이 짖는 소리가 들려왔어. 무슨 일인지 알아보러 들어갔을 때, 바닥을 따라서 그들 쪽으로 슬금슬금 흘러오는 불길이 보였지. 바로 그 순간은 붉은 난로에

88

대한 향수를 느끼지 않았단다. 로버랜덤의 작은 목덜미를 물고는 번개처럼 빨리 동굴을 뛰쳐나와 바로 밖에 서 있는 바위 꼭대기로 날아올랐지.

그곳에서 둘은 눈 속에 앉아 오들오들 떨면서 지켜보았어. 아주 어리석은 일이었지. 집으로든 어디로든 바람보다 빨리 달아났어야 했으니까. 너희도 보다시피 달나라 개가 달에 대해서 속속들이 아는 것은 아니란다. 알았더라면 이곳이 거대한 백룡—달나라 사람을 조금만 두려워한 (그리고 화가 났을 때는 거의 겁내지 않는) 용의 굴이라는 것을 알았을 텐데 말이야. 달나라 사람도 이 용을 조금 성가셔했단다. 그 용을 가리킬 때면 '그 빌어먹을 짐승'이라고 불렀을 정도니까.

너희도 알겠지만, 백룡들은 원래 달에서 생겨났단다. 그런데 이 용은 저 세계에 갔다가 돌아왔기 때문에 세상물정을 좀 알았어. 그는 마법사 멀린의 시대에 카에르드라곤에서 적룡과 싸운 적이 있었지. 최신판 역사책을 보면 그 이야기를 찾아볼 수 있을 거야. 그 싸움 후에 그의 적수인 용은 정말로 '시뻘건' 용이 되었단다. 나중에 백룡은 세 개의 섬에 극심한 피해를 입히면서 스노든산의 정상에서 얼마간 살았지. 그가 거기 살고 있을 때는 일부러 그 산에 오르려는 사람이 없었어. 한 남자만 제외하고 말이지. 용은 병째로 술을 마시고 있던 그를 잡았지. 그 남자는 너무 급하게 마시느라 병을 산 정상에 남겨 두었고, 그 후에 많은 사람들이 그의 본보기를 따랐단다. 이후 오랫동안, 용이 그윈파로 날아가기 전이었지만 아서 왕이 사라진 후 얼마간, 용의 꼬리는 색슨족 왕들에게 대단한 별미로 여겨졌지.

그윈파는 세계의 가장자리에서 그리 멀지 않은 곳에 있었어. 거기서 달까지 날아가는 것은 이 용처럼 몹시 거대하고 몹시 사악한 용에게는 쉬운 일이었지. 이제 그는 달의 가장자리에 살았는데, 달나라 사람이 주문을 걸고 재간을 부려 어떤 엄청난 일을 일으킬 수 있는지 아직 확실히 알지 못했기 때문이야. 그렇더라도 그 용은 실제로 과감하게, 때로 색채 설계에 훼방을 놓았단다. 이따금 용은 잔치를 벌이거나 성질을 부리면서 진짜 빨강 화염과 초록 불꽃을 동굴에서 내뿜었지. 그리고 연기 구름도 자주 뿜어 댔어. 한두 번인가 달 전체를 붉게 물들이기도 했고 아예 빛을 꺼버린 적도 있다고 알려져 있었지. 그런 불편한 일이 발생할 때면, 달나라 사람은 (그리고 그의 개도) 집 안에 칩거하면서 "또 그 빌어먹을 짐승이군"이라고 말할 뿐이었지. 그는 그것이 어떤 짐승인지, 어디에 사는지를 전혀 설명하지 않았어. 그저 지하실로 내려가 최고로 좋은 주문이 들어 있는 병의 마개를 뽑았고, 가급적 빨리 상황을 정리했단다.

이제 너희들은 그 녀석에 대해 모두 알게 되었지. 그런데 강아지들이 그 절반만 알았어도 바위 위에서 가만히 있지 않았을 거야. 하지만 그들은 가만히 있었단다. 적어도 내가 백룡에 대해서 설명하는 데 걸린 시간만큼은 앉아 있었어. 그 정도의 시간이 지나자 그 녀석의 몸통이 전부 동굴 밖으로 나왔단다. 흰 몸뚱이에 눈은 초록색이고, 관절마다 초록색 불이 새어 나오고, 증기선처럼 시커먼 연기를 콧김으로 내뿜었어. 그러고는 끔찍하게도 우렁찬 소리를 내질렀단다. 산들이 뒤흔들리며 메아리가 퍼져 나갔고 눈은 말라 버렸어. 산사태가 나서 흙과 돌이 굴러떨어졌고, 폭포에서 떨어지던 물줄기가 멈추었단다.

이 백룡은 날개가 달려 있었어. 배들이 증기 기관이 아니라 아직 범선이었던 시절에 달던 돛처럼 생긴 날개였지. 그런데 이 용은 생쥐부터 황제의 딸에 이르기까지 무엇을 죽이든 수치심을 느끼지 않았어. 그는 이 강아지 두 마리를 죽일 생각이었지. 그래서 공중으로 떠오르기 전에 몇 번이나 그렇게 말해 줬단다. 그게 그의 실수였어. 강아지들이 로켓처럼 재빨리 바위에서 튀어 올라 뮤도 자랑스럽게 여길 만한 속도로 바람을 타고 달아났거든. 용은 그들을 쫓아 펄럭용처럼 날개를 펄럭거리고 딱딱용처럼 딱딱거리며 산봉우리를 쳐서 무너뜨렸단다. 그래서 양들의 목에 걸린 종들이 온 마을에 불이라도 난 듯이 일제히 울리게 되었어 (이제 너희들은 왜 양들의 목에 종을 매달았는지 이유를 알 수 있겠지).

아주 다행스럽게도, 바람을 타고 가는 쪽이 올바른 방향이었어. 또한 양들의 종소리가 미친 듯이 울리자마자 탑에서 엄청나게 큰 로켓이 튀어나왔단다. 금빛 우산이 터지면서 천 개의 은빛 술로 흩어지는 것을 달 전역에서 볼 수 있었는데, 그로 인해 얼마 지나지 않아 저 세계에서는 예상치 못했던 별똥별들이 떨어졌어. 그것은 가엾은 강아지들에게 길을 알려 주는 지침이었고 동시에 용에게는 경고이기도 했지. 그러나 용은 너무나 열이 올라 있어서 아무것도 알아채지 못했단다.

The White Dragon pursues Roverandom & the Moondog.

백룡이 로버랜덤과 달나라 강아지를 추격하다

그래서 맹렬한 추격전이 계속되었어. 만약 너희들이 나비를 쫓는 새를 본 적이 있다면, 하얀 산들 사이에서 더없이 작은 나비 두 마리를 쫓는 어마어마하게 거대한 새를 상상할 수 있다면, 그렇다면 너희들은 집으로 날아오려고 방향을 틀고 재빨리 피하고 가까스로 벗어나고 지그재그로 거칠게 돌진하는 광경을 상상할 수 있을 거야. 절반도 가기 전에 로버랜덤의 꼬리는 몇 번이나 용의 숨결에 그을렸단다.

달나라 사람은 무엇을 하고 있었냐고? 글쎄, 그는 참으로 멋진 로켓을 발사했지. 그러고는 "저 빌어먹을 짐승!"이라고 말하고는 "저 빌어먹을 강아지들! 저 녀석들이 때가 되기 전에 월식을 일으키겠군!"이라고 말했어. 그러고는 지하실로 내려가서 젤리 같은 타르와 꿀처럼 보이는 (그리고 11월 5일의 냄새와 끓어 넘친 양배추 냄새가 나는) 검고 시커먼 주문의 병을 열었단다.

바로 그 순간에 용이 탑 바로 위로 날아올랐고 로버랜덤을 후려치려고 커다란 발톱을 들었어. 그를 바로 텅 빈 '어딘지 모르는 곳'으로 날려 버리려고 말이야. 그러나 결코 그러지 못했단다. 달나라 사람이 아래쪽 창문에서 주문을 쏘아 올렸거든. 그것이 용의 배(어느 용에게나 특히 연약한 부분)에서 철썩 터지자 그는 옆으로 뒤집어지며 쓰러졌단다. 용은 정신이 나가서 제대로 방향을 잡지도 못한 채 어느 산으로 날아가 꽝 부딪혔단다. 그의 코와 산 중에 어느 쪽이 더 큰 손상을 입었는지는 알 수 없었어. 양쪽 다 찌그러졌거든.

이렇게 되어 강아지 두 마리는 꼭대기 창문으로 떨어져 들어왔고, 일주일간 숨을 돌릴 수 없었단다. 용은 한쪽으로 기울어진 몸으로 천천히 집에 돌아갔고, 몇 달 동안 코를 문질렀지. 다음번 월식은 실패였어. 용이 자기 배를 핥느라 너무 바빠서 그것에 주의를 기울이지 못했기 때문이었지. 그리고 그의 배에 주문을 맞아 생긴 검은 액체 자국을 떼어 낼 수 없었단다. 유감스럽게도 그것은 영원히 사라지지 않을 것 같구나. 이제 그는 '얼룩 괴물'이라고 불린단다.

3

다음 날 달나라 사람은 로버랜덤을 보며 말했어. "아슬아슬하게 살았구나! 어린 강아지치고는 하얀 면을 꽤 잘 탐험한 것 같군. 네가 숨을 돌리고 나면 다른 면을 방문해도 되겠다."

"저도 가도 되나요?" 달나라 개가 물었어.

"네게는 좋지 않을 거야." 달나라 사람이 말했어. "네게는 그걸 권하지 않겠다. 난롯불과 높은 굴뚝보다 더 향수병을 일으킬 것들을 보게 될 테고, 그건 용 못지않게 고약할 거란다."

달나라 개는 얼굴을 붉히지 않았어. 애당초 얼굴을 붉힐 수 없었기 때문이지. 그리고 아무 말도 하지 않았지만 구석에 가서 앉아서는 그 노인이 주위에서 일어나는 모든 일을,

96

그리고 오간 말들을 얼마나 많이 알고 있을지 궁금해했지.
또한 노인의 말이 정확히 무슨 뜻인지 몰라 잠시 의아했지
만, 그리 오래 신경 쓰지는 않았어. 그는 명랑한 강아지였
거든.

　로버랜덤에 대해서 말하자면, 그가 며칠이 지나 숨을 돌
리자 달나라 사람이 휘파람을 불어 그를 불렀단다. 그들은
함께 탑 아래로, 아래로 내려갔지. 계단을 내려가서 지하실
에 들어갔는데, 절벽 안쪽을 깎아 만든 지하실의 작은 창문
에서는 달의 넓은 지형들이 내려다보였어. 그다음에 비밀
계단을 내려갔는데 산 아래로 곧장 이어지는 것 같았어. 아
주 오래 내려간 다음에야 완전히 깜깜한 곳에 들어가서 멈
춰 섰단다. 하지만 로버랜덤은 나선형 계단을 따라 몇 킬로
미터나 내려오고 나니 머리가 빙빙 돌았어.

　완전히 깜깜한 곳에서 달나라 사람 홀로 반딧불처럼 흐
릿하게 빛났고, 빛이라고는 그것밖에 없었어. 하지만 그 빛
만으로도 문을 충분히 알아볼 수 있었지. 바닥에 큰 문이
있었거든. 노인이 이 문을 잡아 올렸지. 그러자 그 입구에
서 어둠이 안개처럼 솟아오르는 것 같았어. 이제 그 안개에
싸여 노인의 희미한 빛도 보이지 않았단다.

"이리 내려가거라, 착한 개야!" 어둠 속에서 그의 목소리
가 들렸어. 로버랜덤이 착한 개가 아니라는 말을 들었어도
너희들은 놀라지 않을 테고 그 의견에 반박하지 않겠지. 로
버랜덤은 그 작은 방의 가장 먼 구석으로 뒷걸음질 치고 귀
를 뒤로 젖혔어. 그는 노인보다 그 구멍이 더 무서웠거든.

하지만 아무 소용도 없었어. 달나라 사람이 그를 들어 올
려서 그 어두운 구멍에 툭 떨어뜨렸거든. 로버랜덤이 떨어
져서 모르는 곳으로 빠져 들어갈 때, 벌써 아주 높아진 곳
에서 외치는 노인의 목소리가 들려왔단다. "똑바로 떨어지
거라. 그런 다음에 바람을 타고 계속 날아가! 다른 쪽 끝에
서 나를 기다리려무나!"

이 말이 그에게 위안이 되어야 했지만 전혀 그렇지 않았
어. 훗날 로버랜덤은 세계의 가장자리 너머로 떨어지는 것
도 이보다 더 나쁘지는 않을 거라고 늘 말했단다. 어쨌든
그가 겪은 온갖 모험 중에서 이것이 가장 무서운 부분이었
고, 그것을 생각할 때마다 지금도 온몸에 기운이 빠지는 것
처럼 느낀다고 했지. 그가 난로 앞의 깔개에 누워 자다가
낑낑거리거나 씰룩씰룩 움직일 때 아직도 그 생각을 하고
있다고 보면 돼.

그렇더라도 결국에는 끝이 났단다. 긴 시간이 지난 후 그
가 떨어지는 속도가 차차 느려지더니 마침내 거의 멈추게
되었어. 나머지 길은 날개를 사용해야 했지. 그런데 그 길
은 큰 굴뚝을 통해 위로, 위로 오르는 것 같았어. 다행히도
강한 외풍이 불어 그가 올라가도록 도와주었지. 마침내 꼭
대기에 이르자 그는 아주 기뻤단다.

거기 반대편 구멍의 옆에 누워 숨을 헐떡이며 로버랜덤
은 고분고분하게 그리고 불안한 마음으로 달나라 사람을
기다렸어. 한참 시간이 지나도 그는 나타나지 않았어. 로
버랜덤은 여유 있게 주위를 둘러보고 자신이 나지막한 검
은 언덕들로 둘러싸인 깊고 어두운 계곡의 바닥에 있다는
것을 알게 되었단다. 검은 구름들이 언덕 꼭대기에 머물고
있는 것 같았고, 구름들 너머로 별이 하나밖에 보이지 않
았어.

갑자기 이 작은 개는 졸음이 쏟아지는 것을 느꼈단다. 가
까이 어둑한 덤불에서 새 한 마리가 졸리는 노래를 부르고
있었는데, 반대편의 작은 벙어리 새들에 익숙해져 있다가
이 새를 보니 이상하고 신기하게 보였지. 그는 눈을 감았
단다.

"자, 일어나거라, 작은 강아지야!" 어떤 목소리가 소리쳤어. 로버랜덤이 벌떡 일어나 보니 바로 그때 달나라 남자가 은색 밧줄을 타고 구멍에서 기어 나오고 있었지. (로버랜덤보다 훨씬 더 큰) 커다란 회색 거미가 가까이 있는 나무에 그 밧줄을 매고 있었어.

달나라 사람이 밖으로 나왔지. "고맙다!" 남자가 거미에게 말했어. "이제 가거라!" 거미는 아주 좋아하며 가 버렸지. 어두운 면에는 검은 거미들이 있었는데, 하얀 면의 괴물들만큼 크지는 않아도 독이 있었어. 그 검은 거미들은 하얗거나 뿌옇거나 밝은 것이라면 무엇이든 싫어하고, 특히 뿌연 거미들을 거의 찾아오지 않는 부자 친척처럼 싫어했거든.

회색 거미가 밧줄을 다시 구멍으로 던져 넣었는데 동시에 검은 거미 한 마리가 나무에서 떨어졌단다.

"자, 멈춰!" 노인이 검은 거미에게 소리쳤어.

"저리 돌아가! 저건 내 전용 문이야. 그걸 잊지 마라. 저 두 그루의 주목 사이에 멋진 해먹을 만들어 주면, 널 용서해 주마.

달의 중심부를 통해 내려갔다 올라오려면 꽤 먼 길이지."

그가 로버랜덤에게 말했어. "그들이 도착하기 전에 나는 휴식을 좀 취하는 게 좋을 것 같구나. 거기를 오르내리면 아주 멋지기는 하지만 힘이 많이 들어. 물론 내 몸에 날개를 달 수 있지만, 문제는 날개가 아주 빨리 닳는다는 거란다. 게다가 구멍을 더 넓혀야 하거든. 내 날개 크기가 저 구멍에 맞지 않을 테니까. 그런데 나는 밧줄 타기를 아주 잘한단다.

그런데 이쪽 면을 보니 어떠냐?" 달나라 사람이 말을 이었어. "하늘은 뿌옇고 땅은 어둡지. 반면에 저쪽은 하늘이 어둡고 땅은 뿌연데. 그렇지? 상당한 차이가 있지. 다만, 진짜 색깔이 저쪽보다 이쪽에 더 많은 것은 아니야. 내가 진짜 색깔이라고 부르는 화려한 색깔과 그런 것들이 어우러진 곳은 어디에도 없어. 자세히 보면 나무 밑에 어슴푸레 빛나는 것이 몇 개 있는데, 반딧불이나 다이아몬드딱정벌레, 루비나방 같은 것들이란다. 하지만 너무 작아. 이쪽 면에 있는 밝은 것들은 모두 다 너무 작단다. 그런 데다 그것들은 끔찍한 삶을 살고 있지. 독수리만 하고 석탄처럼 시커먼 올빼미라든가, 콘도르만 하면서 참새처럼 셀 수 없이 많은 까마귀, 게다가 이 검은 거미들이 있으니 말이지. 내가

제일 좋아하지 않는 것은 검은 벨벳 큰 나방인데 모두 떼
지어 날아다닌단다. 그것들은 심지어 내가 다가가도 비켜
나지 않아. 나는 빛을 내보낼 엄두도 내지 못하지. 그랬다
가는 그것들이 모두 내 수염에 달라붙을 테니까.

그래도 이쪽에는 그 나름의 매력이 있단다, 어린 개야.
그중 하나는 지상의 누구도, 어떤 강아지도 예전에 이곳을
본 적이 없다는 사실이지—그들이 깨어 있을 때는 말이야.
너만 빼고!"

그러고 나서 달나라 사람은 그가 말하는 동안 검은 거미
가 실을 자아 엮은 해먹으로 갑자기 뛰어오르더니 눈 깜짝
할 사이에 잠이 들었단다.

로버랜덤은 홀로 앉아 그를 지켜보았어. 경계하는 눈으
로 검은 거미들도 쳐다보았지. 바람이 일지 않는 검은 나무
들 밑에서 붉은색과 초록색, 황금색, 푸른색의 작고 희미한
불빛이 반짝이며 여기저기 옮겨 다녔어. 하늘에는 떠다니
는 벨벳 구름 조각들 너머에 낯선 별들이 떠 있어 희끄무레
했지. 수천 마리의 나이팅게일이 어떤 계곡에서 노래를 부
르고 있는 것 같았는데 가까운 언덕들 너머에서 아스라하
게 들려왔어. 그러고 나서 아이들의 목소리가 들려왔단다.

아니, 갑자기 부드럽게 일어난 산들바람을 타고 들려온 목
소리의 메아리의 메아리였지. 로버랜덤은 일어나 똑바로
앉아서 이 이야기가 시작된 이후로 가장 큰 소리로 짖어 댔
단다.

"아뿔싸!" 달나라 사람이 잠이 깨서 소리치면서 벌떡 일
어나 곧장 해먹에서 풀밭으로 뛰어내렸어. 로버랜덤의 꼬
리를 밟을 뻔했지. "그들이 벌써 도착했나?"

"누가 도착해요?" 로버랜덤이 물었지.

"아니, 그들이 오는 소리를 듣지 못했으면 왜 그렇게 짖
은 게냐?" 노인이 말했어. "가자! 이쪽이 길이야!"

그들은 길게 뻗은 회색 길을 따라 내려갔는데, 길 양옆에
는 흐릿하게 빛나는 돌들이 박혀 있고 덤불이 우거져 있었
어. 길이 계속 이어지면서 덤불이 소나무로 바뀌었고 밤공
기에 소나무 냄새가 퍼져 나갔지. 그러다가 길은 오르막이
되었고, 얼마 후에 그들을 빙 둘러싼 언덕들 중에 가장 낮
은 언덕의 꼭대기에 이르렀단다.

그곳에서 로버랜덤은 다음 계곡을 내려다보았어. 나이팅
게일들의 노래가 마치 수도꼭지를 잠근 듯이 갑자기 뚝 중

단되었고, 맑고 감미로운 아이들의 목소리가 흘러왔단다.
아이들이 아름다운 노래를 부르고 있었는데 많은 목소리가
섞여 하나의 음악을 이루었기 때문이었지.

노인과 강아지는 산비탈을 껑충껑충 뛰어 내려갔단다.
맙소사! 달나라 사람은 바위에서 바위로 건너뛸 수도 있
었어!

"자, 가자, 어서!" 그가 소리쳤어. "내가 수염 달린 숫
염소나 야생 염소, 집 염소가 되더라도 너는 날 따라잡지
못할걸!" 그래서 로버랜덤은 그를 따라잡기 위해 날아야
했지.

이렇게 가다 보니 갑자기 깎아지른 절벽에 이르렀단다.
아주 높지는 않지만, 까맣고 흑요석처럼 반짝이는 절벽이
었어. 그 너머로 저 아래 어스름에 잠긴 정원이 보였어. 로
버랜덤이 바라보는 동안에 그 어스름은 부드럽게 타오르
는 오후의 태양빛으로 바뀌었지. 하지만 그 정원만 비추고
그 너머로는 새어 나가지 않는 그 부드러운 빛이 어디서 왔
는지 알 수 없었단다. 그곳에는 회색 분수대가 있었지. 긴
잔디밭이 있고, 어디에나 아이들이 있었어. 졸린 듯이 춤을
추기도 하고, 꿈을 꾸듯이 걷기도 하고, 혼잣말을 하기도

했단다. 어떤 아이들은 깊은 잠에서 막 깨어나는 듯이 몸을
뒤척였고, 어떤 아이들은 이미 완전히 깨어서 달리며 웃고
있었어. 아이들은 땅을 파고, 꽃을 따고, 천막과 집을 짓고,
나비를 쫓고, 공을 차고, 나무에 올랐지. 그리고 모두들 노
래를 부르고 있었단다.

"저 아이들은 모두 어디서 온 건가요?" 로버랜덤이 어리
둥절해하고 동시에 즐거워하면서 물었어.

"물론 자기들의 집에서, 침대에서 왔지." 달나라 사람이
대답했지.

"그런데 여기를 어떻게 오지요?"

"그건 말해 주지 않을 거란다. 네가 결코 알 수 없을 거
야. 너는 운이 좋은 거란다. 어떻게 해서든 여기 온 자들
은 모두 행운아지. 그런데 어쨌든 아이들이 네가 온 길로
온 건 아니야. 어떤 애들은 자주 오고, 어떤 애들은 거의 오
지 않아. 대부분의 꿈은 내가 만들지만, 물론 어떤 꿈은 아
이들이 가지고 온단다. 학교에 도시락을 가져가는 것처럼.
그리고 (유감스럽게도) 거미들이 만드는 꿈도 있어. 하지만
이 골짜기에서는 그렇지 않단다. 그런 일을 하는 거미들을
내가 잡는 한 그럴 일은 없어. 이제 가서 파티에 어울리자

꾸나!"

흑요석 절벽은 아주 가팔랐어. 표면이 너무나 매끄러워
서 거미도 기어오를 수 없었지. 감히 시도해 보려는 거미도
없었어. 미끄러져 내려올 수는 있겠지만, 거미든 무엇이든
다시 일어날 수 없었으니까. 그 정원에 숨은 파수꾼들이 있
단다. 달나라 사람은 말할 것도 없고. 그것은 그의 파티였
기 때문에 그가 없다면 파티가 완벽해질 수 없지.

그런데 그는 이제 이 파티의 한가운데로 쿵 하고 미끄러
져 내려갔단다. 그냥 앉더니 썰매를 타듯이 활강해서 휙 하
고 바로 아이들 한가운데로 들어갔어. 로버랜덤은 그의 몸
위에서 굴러 내려갔지. 자기가 하늘을 날 수 있다는 것을
까맣게 잊은 채. 아니, 날 수 있었다는 것을 잊은 채. 왜냐하
면 바닥에 닿아서 일어서 보니 날개가 없었거든.

"저 작은 개가 뭘 하는 거죠?" 한 어린 소년이 달나라 사
람에게 물었어. 로버랜덤이 팽이처럼 뱅뱅 돌면서 자기 등
을 살펴보려고 애쓰고 있었거든.

"자기 날개를 찾고 있단다, 얘야. 썰매를 타고 오는 길에
부딪혀서 날개가 떨어졌다고 생각하는 모양인데 실은 내
주머니 속에 있어. 여기서는 날개가 금지되어 있거든. 누구

도 허락받지 않고 여기를 벗어나면 안 되니까, 그렇지?"

"안 돼요! 긴 수염 아빠!" 이십여 명의 아이들이 동시에 말했어. 한 소년은 노인의 수염을 붙잡고 기어올라 어깨에 올라갔단다. 로버랜덤은 그 아이가 즉시 나방이나 지우개, 또는 뭔가로 변하는 것을 보게 될 줄 알았어.

그런데 달나라 사람이 이렇게 말했지. "아이고! 얘야! 넌 줄타기를 꽤 잘하는구나! 내가 좀 가르쳐 줘야겠군." 그러더니 소년을 공중으로 높이 던져 올렸단다. 소년은 떨어지지 않았어. 조금도 떨어지지 않고 그저 공중에 붙어 있었지. 달나라 사람은 주머니에서 은 밧줄을 꺼내 소년에게 던져 주었어.

"빨리 내려오너라!" 그가 말했지. 소년이 미끄러지듯 내려와서 노인의 품에 안기자 노인은 아이를 간질여 주었어. "그렇게 크게 웃으면 깨어날 거란다." 노인은 이렇게 말하고는 아이를 풀밭에 내려놓고 아이들이 많이 모인 곳으로 걸어갔단다.

로버랜덤은 남아서 혼자 놀아야 했어. 그래서 아름다운 노란색 공('집에 있는 내 공과 똑같아'라고 생각했지)을 향해 막

가려는데 그가 아는 목소리가 들려왔단다.

"내 강아지가 저기 있어!" 그 목소리가 말했어. "내 강아지가 저기 있어! 난 그 강아지가 진짜라고 늘 생각했어. 모래밭에서 찾고 또 찾았고, 매일 그의 이름을 부르고 휘파람을 불었는데 그가 여기 있다니!"

로버랜덤은 그 목소리를 듣자마자 앉아서 애원했단다.

"애원하는 내 강아지야!" 그 어린 소년, (당연히) 투가 말했어. 그러고는 달려와서 그를 쓰다듬었단다. "어디 갔었니?"

그런데 로버랜덤이 처음에 할 수 있는 말은 이것뿐이었어. "내 말을 알아들을 수 있어?"

"물론 들을 수 있어." 어린 소년 투가 말했지. "그런데 전에 엄마가 너를 집에 데려왔을 때, 넌 내 말을 들으려 하지 않았잖아. 난 최선을 다해 컹컹거리며 말을 걸었는데. 또 너는 내게 그다지 말을 걸지 않았고, 딴 생각에 빠진 것 같았어."

로버랜덤은 몹시 미안하다고 말했지. 그리고 소년에게 자기가 그의 주머니에서 어떻게 떨어져 나왔는지를 얘기했어. 프사마소스와 뮤에 대해서 그리고 그가 길을 잃은 후

겪었던 많은 모험에 대해서 말해 주었단다. 이렇게 되어 어린 소년과 그의 형제들은 모래 속의 기묘한 사람에 대해 알게 되었고, 그러지 않았더라면 몰랐을 유용한 것들을 많이 알게 되었지. 어린 소년 투는 '로버랜덤'이 멋진 이름이라고 생각했어. 그래서 "나도 널 그렇게 부를 거야"라고 말했지. "그리고 넌 여전히 내 강아지라는 것을 잊지 마!"

그러고 나서 그들은 공놀이와 숨바꼭질 놀이를 했고, 달리기도 하고 긴 산책을 하고, 토끼 사냥도 했단다(물론 아주 성과도 없어. 신이 났다는 점을 제외하면. 토끼들이 기막히게 잘 숨었거든). 그리고 연못에서 한참 물장구쳤고, 연달아 온갖 놀이를 하면서 한도 끝도 없이 놀았지. 소년과 강아지는 서로를 점점 더 좋아하게 되었단다. 어린 소년은 바로 잠자리에 들 시간대의 빛에 잠긴 이슬 맺힌 풀밭 위를 구르고 또 굴렀어(하지만 그곳에서는 누구도 젖은 풀밭이나 잠자는 시간을 신경 쓰지 않는 것 같았지). 작은 개는 그와 함께 뒹굴고 또 뒹굴었고 물구나무를 섰단다. 엄마 허버드의 죽은 개 이후로 지상의 어떤 개도 하지 않았던 일이었지. 그것을 보고 작은 소년이 웃음을 터뜨렸는데 그러다가 갑자기 완전히 사라져 버렸고 로버랜덤 혼자 잔디밭에 남게 되었어!

"그 애가 깨어났단다. 그뿐이야." 갑자기 나타난 달나라
사람이 말했어. "집에 갔단다. 시간도 다 됐군. 아니! 아침
식사 시간까지 15분밖에 안 남았어. 그 아이는 오늘 아침
모래사장 산책을 놓치겠구나. 자자! 우리도 갈 때가 되었
단다."

그래서 아주 내키지 않는 마음으로 로버랜덤은 노인과
함께 하얀 면으로 돌아와야 했지. 내내 걸어서 돌아오느라
아주 오랜 시간이 걸렸어. 로버랜덤은 으레 즐거워해야 했
지만 그리 즐겁지 않았어. 그들은 온갖 괴상한 것들을 보
았고, 많은 모험을 했으니 말이야. 물론 달나라 사람이 바
로 옆에 있으니 더할 나위 없이 안전했지. 그렇지 않았더라
면 이 작은 개를 와락 낚아챘을 불쾌하고 섬뜩한 것들이 늪
에 득실거리고 있었기 때문에 아주 다행스러운 일이었어.
달의 하얀 면은 건조한 반면에 어두운 면은 축축하게 젖어
있었고 아주 기이한 식물들과 동물들이 우글거렸단다. 로
버랜덤이 특히 관심을 갖고 그것들을 보았더라면 내가 너
희들에게 그것들에 대해 말해 줄 텐데. 하지만 그는 관심을
두지 않았단다. 오직 그 정원과 어린 소년을 생각하고 있었

거든.

마침내 그들은 잿빛 가장자리에 이르렀어. 많은 용들이 살고 있는 잿빛 계곡 너머 산들 사이로 방대한 흰 평원과 빛나는 절벽들을 보았단다. 하늘로 떠오르는 저 세계가 보였지. 연녹색과 금색이 어우러진 거대하고 둥근 달이 달나라 산등성이 위로 떠올랐단다. 로버랜덤은 생각했어. '저곳에 내 어린 소년이 살고 있어!' 그곳은 지독히도 멀리 떨어져 있는 것 같았어.

"꿈은 현실로 이루어지나요?" 로버랜덤이 물었어.

"내가 꾸는 어떤 꿈은 이루어진단다." 노인이 말했어. "어떤 꿈은 이루어지지. 전부 다 그런 것은 아니고. 그런데 당장 이루어지는 꿈은 거의 없어. 또 꿈을 꾸었을 때와 똑같이 이루어지지는 않지. 그런데 왜 꿈에 대해 알고 싶어 하지?"

"그냥 궁금해서요." 로버랜덤이 말했어.

"그 어린 소년이 궁금한 모양이구나." 달나라 사람이 말했어. "그럴 줄 알았지." 그러더니 그는 주머니에서 망원경을 꺼냈어. 망원경은 엄청난 길이로 늘어났단다. "조금 보더라도 네게 해롭지는 않겠지."

로버랜덤은 망원경을 들여다보았단다. 간신히 한쪽 눈을 감고, 다른 눈을 뜰 수 있게 되었을 때 말이지. 저 세계가 또렷이 보였어. 처음에는 달빛 길의 맨 끝이 똑바로 바다에 떨어지는 것이 보였어. 그다음에는 신속히 그 길을 따라 흐릿하고 다소 가늘고 기다란 여러 줄을 지어 배를 타고 내려가는 작은 사람들이 보인 듯했지만 확신할 수는 없었어. 달빛이 빠르게 옅어졌단다. 햇빛이 커지기 시작했고, 갑자기 모래주술사의 작은 만이 눈에 들어왔어(프사마소스는 흔적도 보이지 않았어. 그는 자신을 엿보는 것을 허용하지 않았거든). 그리고 조금 지나자 손을 맞잡고 해안을 따라 걷는 두 어린 소년이 둥근 그림 속으로 들어왔단다. '조개를 찾는 걸까 아니면 나를?' 로버랜덤은 궁금했지.

이내 그림이 바뀌었고, 절벽 위에 있는 소년들의 아버지의 하얀 집과 바다로 이어져 내려가는 정원이 보였어. 그런데 그 대문에서—불쾌하고 놀랍게도—그 늙은 마법사가 보였단다. 거기서 영원히 감시하는 것 외에는 할 일이 없는 듯이 돌 위에 앉아 파이프 담배를 피우고 있었지. 낡은 녹색 모자를 뒤통수에 얹고 조끼의 단추를 푼 채 말이야.

"아르타, 이름이 뭐라고 했더라, 영감님이 대문 앞에서

뭘 하고 있는 거죠?" 로버랜덤이 물었어. "그분이 저에 대
해서 오래전에 잊어버린 줄 알았어요. 그분은 휴가가 아직
끝나지 않았나요?"

"아니, 그는 널 기다리고 있단다, 강아지야. 그는 잊지 않
았어. 네가 지금 저기 나타난다면, 진짜 개든 장난감이든
상관없이 재빨리 네게 새로운 주문을 걸 거야. 그가 자기
바지 때문에 저렇게 언짢아하는 건 아니야. 어차피 바지는
금방 수선했거든. 사마소스가 끼어들어서 몹시 짜증이 난
거지. 사마소스는 그를 상대하기 위한 준비를 아직 마치지
않았고."

바로 그때 아르타세르세스의 모자가 바람에 날아가는 것
이 보였어. 마법사는 모자를 쫓아 달려갔지. 그의 바지에
멋지게 덧댄 천이 선명하게 드러났어. 검은 점무늬가 있는
주황색 천을 덧댄 거야.

"마법사라면 자기 바지를 저보다는 더 잘 수선할 줄 알
았어요!" 로버랜덤이 말했어.

"하지만 그는 아름답게 기웠다고 생각한단다!" 노인이
말했단다. "누군가의 창문 커튼에 주문을 걸어 떼어 냈어.
그들은 화재 보험을 받았고, 그는 화려한 색깔을 얻었고,

그래서 양쪽 다 만족했지. 그래도 네 말이 맞아. 그가 약해지는 것이 분명하거든. 수백 년이 지나 그의 마술이 시들어 가는 것을 보게 되어 안타깝지만, 네게는 다행스러운 일일 테지." 그러고 나서 달나라 사람은 딱 소리를 내며 망원경을 닫았고, 그들은 다시 출발했어.

"날개를 다시 달아 주마." 탑에 도착했을 때 달나라 사람이 말했지. "이제 날아가서 즐겁게 놀아라! 달빛을 괴롭히지 말고, 내 흰토끼들을 죽이지 말고, 배가 고프면 돌아오거라! 아니면 어디든 아픈 데가 있으면."

로버랜덤은 달나라 개를 찾으러 즉시 날아갔고 달의 반대쪽 면에 관해 이야기해 주었어. 하지만 그 개는 자신이 볼 수 없는 것들을 방문객에게 보여 주었다는 사실에 약간 샘이 나서 관심이 없는 척했지.

"전체적으로 불쾌한 곳 같구나." 그가 으르렁거렸어. "정말이지 난 그런 곳은 보고 싶지 않아. 넌 이제 하얀 면에 싫증이 났겠구나. 같이 돌아다닐 친구가 두 발 달린 네 친구들 대신에 나밖에 없으니. 페르시아 마술사가 그런 고집불통이라 네가 집에 돌아갈 수 없다니 유감이야."

로버랜덤은 좀 마음이 상했어. 그는 다시 이 탑에 돌아와서 굉장히 기쁘고, 하얀 면에 절대 질리지 않을 거라고 달나라 개에게 몇 번이나 말했단다. 두 강아지는 곧 다시 마음을 가라앉혀 친하게 지냈고 많은 것을 함께했지. 그럼에도 달나라 개가 심술궂게 한 말은 사실로 드러났단다. 그건 로버랜덤의 잘못이 아니었어. 그는 드러내지 않으려고 최선을 다했지만 왠지 어떤 모험이나 탐험에 나서도 전처럼 신나지 않았어. 그는 늘 어린 소년 투와 함께 정원에서 즐겁게 놀았던 것을 생각했지.

그들은 토끼를 타고 돌아다니는 하얀 달나라 요정(줄여서 달요정)의 계곡을 가 보았어. 달요정들은 눈송이로 팬케이크를 만들고, 말끔한 과수원에서 미나리아재비보다 크지 않은 작은 황금색 사과나무들을 키웠다. 그들은 비교적 작은 용들의 굴 밖에 (용들이 자고 있을 때) 깨진 유리와 압정을 갖다 두고는 한밤중까지 깨어 있다가 용들이 격분해서 포효하는 소리를 들었단다. 이미 말했듯이 용들의 뱃가죽은 연약하거든. 그리고 하룻밤도 빼놓지 않고 한밤중 12시에 물을 마시러 밖으로 나갔어. 짬짬이 나가는 것은 말할 것도 없고. 때로 이 강아지들은 과감하게 거미 낚기에 나서기도 했지. 거미줄을 물어뜯어 달빛을 풀어 주고, 거미들이 언덕 꼭대기에서 그들에게 올가미 밧줄을 날릴 때 아슬아슬하게 달아났단다. 하지만 로버랜덤은 우편배달부 뮤와 저 세계 의 소식(어린 강아지도 잘 알고 있다시피 소식이라야 대부분 살 인 사건과 축구 시합에 관한 거였지만, 어쩌다가 더 나은 소식도 구석에 실려 있었어)을 늘 기다렸지.

뮤가 다음번에 왔을 때 로버랜덤은 멀리 나가서 돌아다 니고 있었기 때문에 보지 못했어. 그런데 돌아와 보니 노인 이 아직 편지들과 소식을 읽고 있었지. (그리고 무척 기분이 좋아 보였어. 지붕 위에 앉아 발을 모서리 너머로 늘어뜨린 채 찰 흙으로 만든 커다란 흰 담배 파이프를 뻐끔거리며 기관차처럼 연 기 구름을 내뿜었고, 둥근 그의 늙은 얼굴에 미소가 어려 있었지.)

로버랜덤은 더 이상 참을 수 없는 기분이었어. "제 속에 아픈 곳이 있어요." 그가 말했단다. "어린 소년에게 돌아가 고 싶어요. 그의 꿈이 현실로 이루어지도록 말이에요."

노인은 편지를 (아르타세르세스에 관한 편지였는데 아주 재 미있었어) 내려놓고는 담뱃대를 입에서 빼냈어. "꼭 가야겠 니? 더 머무를 수 없을까? 이건 너무 갑작스럽구나! 널 만 나서 아주 즐거웠는데! 언젠가 또 들르도록 해라. 언제든

116

널 보면 즐-거울 거란다!" 그가 단숨에 말했어.

"좋아!" 그가 더 분별 있게 말을 이었지. "아르타세르세 스는 정리가 되었단다."

"어떻게요?" 로버랜덤은 정말로 흥분해서 물었어.

"그가 어떤 인어와 결혼해서 깊고 푸른 바다 밑바닥으로 살러 갔거든."

"그녀가 그의 바지를 더 잘 기워 주면 좋겠어요! 초록색 해초로 덧대면 그분의 초록색 모자와 잘 어울릴 거예요."

"귀여운 녀석! 그는 분홍색 산호 단추와 말미잘 견장이 달린 초록색 해초 정장을 완전히 새로 맞춰 입고 결혼식을 했단다. 그의 낡은 모자는 해변에서 불태워졌지! 사마소스 가 모든 일을 주선했단다. 오! 사마소스는 속이 아주 깊은 사람이야. 깊고 푸른 바다만큼 심오하지. 그가 많은 문제들 을 이런 식으로, 자기 마음에 들게끔 해결하기를 기대한단 다, 강아지야. 네 문제 말고도 훨씬 많은 일들을.

이 일이 어떻게 되어 갈지 궁금하구나! 아르타세르세스 는 지금 스무 번째나 스물한 번째 아동기에 접어든 것 같거 든. 아주 사소한 일들을 갖고도 많은 소란을 피우지. 확실 히 고집불통이고. 예전에는 꽤 괜찮은 마술사였는데 성미가 고약해지고 심각한 골칫거리가 되어 버렸어. 그가 대낮에 찾아와서 나무 삽으로 늙은 사마소스를 파내고 귀를 붙잡아 구멍에서 끌어냈다는구나. 사마소스는 도를 넘은 행동이라 생각했어. 그렇게 생각해도 이상할 게 없지. '내가 잠을 자는 최적의 시간에 그렇게 엄청난 방해를 받았다네. 그것도 그 형편없는 강아지 한 마리 때문에.' 그가 이렇게 편지를 보냈더구나. 네가 얼굴을 붉힐 필요는 없단다.

그러고 나서 둘 다 분노가 좀 가라앉았을 때 사마소스가 아르타세르세스를 인어 파티에 초대했단다. 이렇게 되어 그 일이 일어난 거야. 인어들이 아르타세르세스를 데리고 달빛 수영을 하러 나갔고, 아르타세르세스는 페르시아로, 심지어 퍼쇼어에도 돌아가지 않으려 할 거야. 그는 부유한 인어 왕의 나이 많고 사랑스러운 딸과 사랑에 빠졌고, 둘은 이튿날 밤에 결혼했다는구나.

아마 잘된 일이겠지. 바다에 거주하는 마술사가 오랫동안 없었거든. 프로테우스, 포세이돈, 트리톤, 넵튠, 이와 비슷한 이들이 모두 오래전에 피라미나 홍합으로 변해 버렸어. 그리고 어떻든 그들은 지중해에 대해서나 잘 알지 그밖의 곳에 대해서는 전혀 알지 못했고 또 그리 신경도 쓰지 않았지. 그들은 정어리를 너무 좋아했거든. 니요르드 영감은 오래전에 은퇴했고. 물론 그는 어리석게도 여자 거인과 결혼한 후에는 자기가 해야 할 일에 관심을 절반밖에 쏟을 수 없었어. 너희들이 기억하고 있겠지만, 그 여자 거인이 그와 사랑에 빠진 것은 그의 발이 깨끗하기 (집 안을 건사하는 데 무척 좋은 일이지) 때문이었거든. 그의 발이 늘 젖어 있기 때문에 그에게 정나미가 떨어졌을 때는 이미 너무 늦었지. 그가 지금 다 죽어 간다는구나. 몹시 비틀거리며 걷는다더군, 가엾은 늙은이. 석유 연료 때문에 끔찍하게 기침이 나는 병에 걸렸지. 햇볕을 좀 쬐려고 아이슬란드 해안으로 물러났단다.

물론 바다의 노인이 있었지. 그는 내 사촌인데, 그건 자랑스럽지 않은 사실이야. 그는 좀 짐스러웠거든—자기 발로 걸으려 하지 않고, 항상 남을 타고 다니려 했지. 아마 너희들도 들어 본 적이 있을 거야. 그것 때문에 그는 죽음을 맞게 되었단다. 1년인가 2년 전에 그는 부류 기뢰(그게 무엇인지 너희들이 아는지 모르겠다만)에, 그것도 바로 버튼 위에 올라앉았거든! 내 마법으로도 할 수 있는 일이 없었어. 험티 덤티의 경우보다도 더 나빴지."

"브리타니아는 어떻게 되었어요?" 로버랜덤이 물었어. 사실 이런 얘기가 좀 지루했고 자기 마법사에 대해 더 듣고 싶었지만, 그는 어쨌든 영국 개였으니 말이야. "브리타니아가 파도를 지배하는 줄 알았어요."

"사실 그녀는 절대로 발을 물에 담그지 않아. 해변에서 사자들을 쓰다듬거나, 뱀장어 작살을 손에 들고 페니 동전 위에 앉아 있기를 더 좋아하지. 어쨌든 바다에서 관리할 것은 파도 말고도 많이 있으니까. 이제 그들에게 아르타세르세스가 있으니, 그가 도움이 되면 좋겠구나. 내가 예상하기로는, 그는 처음 몇 년간은 말미잘 위에 자두를 재배하려고 애쓸 거야. 인어들이 그를 내버려 둔다면 말이지. 그리고 자두를 키우는 편이 인어 종족의 질서를 바로잡는 것보다 더 쉽겠지.

자, 자, 자! 내가 무슨 말을 하려고 했더라? 물론, 네가 원한다면 지금 돌아가도 돼. 사실, 너무 의례적으로 말하지 않는다면, 네가 가능한 한 빨리 돌아갈 때가 되었어. 그리고 누구보다도 먼저 사마소스 영감을 찾아가야 해. 그를 만나거든, 그의 이름을 부를 때 내 나쁜 본보기를 따라 '프'를 빠뜨리는 일이 없도록 해라!"

바로 다음 날 뮤가 추가 우편물을 가지고 다시 나타났단
다. 달나라 사람에게 온 엄청나게 많은 편지들과 《일러스트
주간 잡초》, 《대양 의견》, 《인어통신》, 《소라고둥》, 《아침의
철벽 소리》 같은 신문 꾸러미였어. 이 모든 신문들에 보름
달이 뜬 해변에서 결혼식을 올리는 아르타세르세스의 똑같
은 (독점) 사진들이 실려 있었어. 유명한 자산가(그저 존중을
드러내는 칭호)인 프사마소스 프사마시데스 씨가 뒷전에서
활짝 웃고 있었지. 하지만 그 사진들은 우리 신문에 실리는
사진들보다 멋있었단다. 적어도 컬러로 인쇄되어 있었고
그 인어가 정말 아름다워 보였거든(그녀의 꼬리는 파도 거품
속에 있었어).

작별 인사를 할 때가 되었지. 달나라 사람은 로버랜덤에
게 활짝 웃어 주었고, 달나라 개는 무관심한 듯이 보이려고
애썼어. 로버랜덤은 꼬리가 축 늘어졌지만 이런 말밖에 할
수 없었단다. "잘 있어, 강아지야! 몸조심해. 달빛을 괴롭
히지 말고, 흰토끼를 죽이지 말고, 저녁을 너무 많이 먹지
마!"

"너야말로 강아지야!" 달나라 로버가 말했어. "그리고 마
법사의 바지는 그만 물어뜯어!" 이 말이 전부였단다. 그렇

121

지만, 내 생각에, 그 개는 로버랜덤을 보러 가도록 휴가를 보내 달라고 늙은 달나라 사람에게 늘 성가시게 졸라 댔고, 그 후로 몇 번 허락을 받아 방문했단다.

작별 인사를 나눈 후 로버랜덤은 뮤와 함께 돌아갔고, 달나라 사람은 자기 지하실로 돌아갔고, 달나라 개는 지붕 위에 앉아서 그들이 보이지 않을 때까지 쳐다보았지.

4

그들이 세계의 끝에 가까이 갔을 때 북극성에서 차가운 바람이 휘몰아쳐 왔단다. 폭포에서 떨어지는 차가운 물보라가 그들 몸에 쏟아졌어. 돌아가는 길은 더 힘들었는데, 프사마소스 영감의 마법이 바로 그때 그리 서둘러 작동하지 않았기 때문이었어. 그래서 그들은 기꺼운 마음으로 개들의 섬에서 쉬었지. 하지만 로버랜덤의 몸은 아직 마법에 걸린 크기였기 때문에 그곳에서 그리 즐겁지 않았단다. 다른 개들이 너무 몸집이 큰 데다 시끄러웠고, 로버를 너무나 멸시했거든. 그리고 뼈다귀 나무들의 뼈는 너무 크고 딱딱했어.

내일의 다음 날의 다음 날 새벽이 되어서야 마침내 뮤의 집이 있는 검은 절벽을 볼 수 있었단다. 햇살이 그들의 등

을 따스하게 비추었고, 프사마소스의 작은 만에 내려앉았
을 때 작은 모래 언덕의 꼭대기는 이미 햇빛에 말라 흐릿한
빛이 감돌았어.

뮤는 작은 울음소리를 내고는, 바닥에 있던 작은 나무토
막을 부리로 두드렸단다. 그 나무토막은 곧바로 위로 솟아
나더니 프사마소스의 왼쪽 귀로 변했고, 이어서 다른 귀가
나타나더니 뒤이어 재빨리 마법사의 못생긴 머리와 목이
나타났지.

"이 시간에 너희 둘은 무슨 일이야?" 프사마소스가 으
르렁거렸어. "지금은 내가 잠자기 좋아하는 시간이란 말
이야."

"저희가 돌아왔어요!" 갈매기가 말했어.

"넌 등에 업혀 돌아오기로 했구나." 프사마소스가 작은
개에게 눈을 돌리며 말했지.

"용을 몰고 다닌 후로 난 네가 조금 날아서 집에 돌아오
는 것을 꽤 쉽게 여길 줄 알았는데."

"하지만 마법사님." 로버랜덤이 말했어. "전 날개를 두고
왔어요. 사실 제 것이 아니니까요. 그리고 전 평범한 개로
돌아가고 싶어요, 제발."

"오! 알겠다. 그래도 나는 네가 '로버랜덤'으로 즐겁게 지
냈으면 했단다. 마땅히 그래야지. 네가 정말로 원한다면 이
제는 그냥 '로버'가 될 수 있어. 집에 돌아가서 노란 공을
가지고 놀 수 있고, 기회가 있으면 안락의자에서 잠을 자
고, 무릎에 앉고, 다시 캥캥거리는 부끄럽지 않은 작은 개
가 될 수 있지."

"그 어린 소년은 어떡하고요?" 로버가 말했어.

"하지만 네가 그 아이에게서 달아났잖아. 어리석기는, 내
내 달아나서 달까지 갔지!" 프사마소스가 짜증나고 놀란
척하면서 말했지만 한쪽 눈은 잘 안다는 듯이 명랑하게 반
짝였지. "나는 집이라고 말했고, 정말로 집을 뜻한 거야. 캥
캥거리지 말고 따지지 마라!"

가엾은 로버는 캥캥거리고 있었어. 아주 공손하게 '프-사
마소스 씨'라고 발음하려 애쓰다가 그런 거였지. 결국에는
해냈어.

"프-프-프-사마소스 씨, 제-제-제발요." 그가 아주 애처롭
게 말했어. 제-제발 저를 용-용서하세요, 그런데 저는 그 소
년을 다시 만났어요. 그리고 이제는 달아나지 않을 거예요.
사실 저는 그 소년의 강아지잖아요, 그렇지 않아요? 그러

니 저는 그 아이에게 돌아가야 해요.

"말도 안 되는 소리! 물론 넌 그 아이의 강아지가 아니야.
그래서는 안 돼! 넌 너를 처음에 구입한 노부인의 강아지니
까 그 부인에게 돌아가야지. 네가 법을 안다면 이해하겠지
만, 이 어리석은 개야, 도난당한 물건이나 마법에 걸린 물
건은 사면 안 되는 거란다. 그 어린 소년 투의 어머니는 네
게 6펜스를 낭비한 거야. 그걸로 끝이야! 그런데 꿈에서 만
났을 때 무슨 일이 있었기에 그러냐?" 프사마소스가 눈을
크게 찡긋하며 말을 맺었어.

"전 달나라 사람의 꿈이 일부는 현실이 되는 줄 알았어
요." 어린 로버가 슬프게 말했지.

"오! 그랬구나! 글쎄, 그건 달나라 사람의 일이란다. 내
일은 너를 당장 적절한 크기로 바꾸어서 네가 속한 곳으로
돌려보내는 거야. 아르타세르세스는 쓸모 있는 일을 할 수
있는 다른 곳으로 떠났기 때문에, 그에 대해서 더는 신경
쓸 필요가 없단다. 이리 오너라!"

그는 로버를 붙잡고 강아지의 머리 위에서 살찐 손을 흔
들었어. 그런데 짠! 아무것도 변하지 않았단다! 그는 처
음부터 다시 해 보았지만, 여전히 아무 일도 일어나지 않

앉아.

그러자 프사마소스는 모래밭에서 벌떡 일어섰어. 그의 다리가 토끼처럼 생겼다는 것을 로버는 처음으로 알았지. 그는 발을 꽝꽝 구르고 미친 듯이 날뛰고 모래를 공중으로 걷어차고 조개껍데기를 짓밟고 성난 발바리처럼 콧방귀를 뀌었지만, 여전히 아무 일도 일어나지 않았단다!

"해초 마법사 때문에 망했어. 물집과 사마귀나 잔뜩 생겨라!" 그는 저주했어. "자두나 따는 페르시아인 때문에 망했어. 사냥해서 매달아야 할 놈!" 그는 욕을 퍼부어 댔고, 지칠 때까지 계속해서 소리를 질러 댔단다. 그러고는 주저앉았지.

"이것 참!" 마침내 열이 식자 그가 입을 열었단다. "오래 살다 보니 별꼴을 다 보는군! 아르타세르세스가 둘도 없는 괴짜인 건 확실해. 결혼식으로 들떠 있는 와중에 너를 기억하고, 신혼여행을 떠나기 전에 한낱 개 한 마리에게 자신의 가장 강력한 주문을 써 버릴 줄 누가 알았겠어? 자신의 첫 번째 주문이 어리석은 강아지만 한 가치밖에 없다는 듯이 말이지. 그 주문이 살을 갈라 놓을 정도가 아니라면 말이야.

127

자! 어쨌든 이제는 어떻게 해야 할지 생각할 필요가 없단다." 프사마소스가 말을 이었어. "할 수 있는 일은 단 한 가지밖에 없으니까. 네가 그에게 가서 용서를 빌어야 해. 하지만 맹세코 나는 그의 이 짓거리를 기억해 둘 거야. 바다의 소금이 두 배로 많아지고 물이 절반으로 줄어들 때까지. 너희 둘은 산책을 나가서, 30분 후에 내 기분이 나아지면 돌아오너라!"

뮤와 로버는 바닷가를 따라가다가 절벽 위로 올라갔어. 뮤는 천천히 날았고 로버는 몹시 슬프게 총총걸음으로 걸어갔지. 그들은 어린 소년들의 아버지 집 밖에 멈춰 섰고, 로버는 대문으로 들어가서 소년들의 침실 창문 아래 꽃밭에 앉기도 했단다. 아직 이른 새벽이었지만, 로버는 희망을 품고 짖고 또 짖었어. 어린 소년들은 아직 깊이 잠들어 있거나 다른 곳에 있어서 누구도 창가에 오지 않았지. 아니, 로버는 그렇게 생각했어. 그는 이 세계의 사물은 달의 뒤쪽 정원과 다르다는 것을, 그리고 아르타세르세스의 주문에 걸려 있어서 그의 몸과 짖는 소리가 아주 작다는 것을 잊고 있었던 거야.

잠시 후에 뮤는 그를 데리고 처량하게도 작은 만으로 돌아갔단다. 그곳에 너무나 새롭고 놀라운 일이 그를 기다리고 있었지. 프사마소스가 고래와 이야기를 나누고 있는 거야! 굉장히 커다란 고래인 우인은 참고래 중에서 가장 나이가 많았어. 작은 로버에게 그는 산처럼 거대하게 보였는데, 물가의 깊은 못에 머리를 대고 누워 있었단다.

"유감스럽지만 당장에 더 작은 것은 준비할 수 없었단다." 프사마소스가 말했어. "하지만 그는 아주 편안할 거야!"

"들어와!" 고래가 말했지.

"그럼 안녕! 들어가!" 갈매기가 말했어.

"들어가라!" 프사마소스가 말했지. "빨리 타거라! 그리고 안에서 물어뜯거나 긁지 마라. 우인을 기침하게 만들면 네가 아주 불편해질걸."

이건 달나라 사람의 지하실에 있는 구멍으로 뛰어들라는 말을 들었을 때처럼 고약했어. 로버는 뒷걸음질을 쳤단다. 그래서 뮤와 프사마소스는 그를 잡아 밀어 넣어야 했지. 더군다나 그들은 살살 달래지도 않고 그냥 밀쳐 넣었고 고래의 턱은 딱 닫혔어.

고래 입속은 완전히 깜깜했고 생선 냄새가 났단다. 로버

129

는 거기 앉아서 바들바들 떨었지. 그리고 앉아서 꼼짝달싹 하지 않고 (자기 귀를 긁을 엄두도 내지 못하고) 고래의 꼬리가 물속에서 휙 하고 움직이고 퍼덕이는 소리를 들었어. 아니, 들은 것 같았지. 그리고 고래가 깊고 푸른 바닷속 밑바닥을 향해 점점 더 깊이 내려가는 것을 느꼈어. 아니, 그렇게 느낀 것 같았지.

그런데 고래가 멈춰서 다시 입을 크게 벌렸을 때 (그러면서 기분이 좋았지. 고래들은 턱을 크게 벌리고 돌아다니며 밀물처럼 쏟아져 들어오는 음식을 받아먹는 것을 좋아하거든. 하지만 우인은 사려 깊은 동물이었어.) 로버는 살짝 밖을 내다보았지. 아주 깊고, 헤아릴 수 없이 깊은 바닷속이었는데 전혀 파랗지 않았어. 연녹색 불빛이 반짝이고 있을 뿐이었어. 로버가 밖으로 나와 보니 흐릿하고 환상적인 숲 사이로 구불구불 이어진 하얀 모랫길에 서 있더구나.

"똑바로 따라가! 오래 가지 않아도 돼." 우인이 말했지.

로버는 그 길을 가급적 곧바로, 쭉 따라갔단다. 오래지 않아 눈앞에 커다란 궁전의 대문이 보였어. 궁전은 분홍색과 흰색의 돌로 지어진 것 같았는데 안에서 새어 나오는 엷은 빛으로 반짝였지. 그리고 많은 창문에서 녹색과 파란색 불빛이 선명하게 비쳤단다. 담장을 돌아가며 거대한 바다 나무들이 둘러싸고 있었는데, 방대하게 솟아오른 궁전의 반구형 지붕보다 더 높이 솟구쳐서 어두운 물속에서 어렴풋한 빛을 발하고 있었어. 거대한 천연고무 같은 나무 몸통들이 풀처럼 휘어지며 흔들렸고, 끝없이 뻗어난 가지들이 드리운 그늘에는 새처럼 금빛 물고기, 은빛 물고기, 빨간 물고기, 파란 물고기, 인광을 발하는 물고기 들로 가득했지. 그런데 물고기들은 노래하지 않았어. 인어들이 궁전 안에서 노래를 불렀지. 그들의 노랫소리가 얼마나 아름다운지! 일제히 노래를 부르는 바다 요정들의 음악이 창밖으로 흘러나왔고, 수백 명의 인어들이 뿔피리와 피리, 소라 고동으로 연주했단다.

바다 고블린들이 나무 밑의 어두운 곳에서 그를 지켜보며 히죽거렸어. 로버는 가급적 빨리 서둘러 걸음을 옮겼단다. 그런데 물속에서는 발걸음이 느려지고 무거워서 푹푹 박힌다는 것을 알았어. 그는 왜 물에 빠져 죽지 않았을까? 나는 모르겠다만, 아마도 프사마소스 프사마시데스가 그 점을 고려했을 것 같구나. (그 마법사는 웬만하면 바닷물에 발가락도 안 담그려 하지만, 바다에 대해서는 많은 사람이 예상하는 것보다 훨씬 더 많이 알고 있었거든) 로버와 뮤가 산책을 나간 동안 그는 앉아서 부글부글 끓어오르는 마음을 가라앉히며 새로운 계획을 생각해 냈지.

어찌 되었든 로버는 익사하지 않았어. 하지만 그 대문에 이르기도 전에 벌써 어딘가 다른 곳에 있으면 좋겠다고, 심지어 고래의 축축한 입속에라도 들어가 있으면 좋겠다고 생각했단다. 아주 기묘한 형태들과 얼굴들이 길옆의 보라색 덤불들과 해면 같은 잡목들에서 그를 찬찬히 지켜보았기에 정말로 안전하지 않은 것 같았거든. 마침내 거대한 대문에 이르렀지. 가장자리에 산호가 박힌 황금색 아치에 달린 자개 문에는 상어 이빨이 박혀 있었지. 문을 두드리는 고리쇠는 하얀 따개비로 덮여 있었는데, 따개비의 작고 빨간 띠가 모두 매달려 있었어. 하지만 물론 로버는 그 고리쇠에 키가 닿지 않았고, 어떻게 해도 그것을 두드릴 수 없었지. 그래서 대신에 컹컹 짖었고, 그 소리가 꽤 크게 들려서 놀랐단다. 세 번째로 짖었을 때 안에서 들리던 음악 소리가 멈추더니 문이 열렸어.

누가 그것을 열었을 것 같니? 바로 아르타세르세스 본인이었단다. 그는 자두 색깔의 벨벳처럼 보이는 옷과 녹색 비단 바지를 입고 있었고 여전히 커다란 파이프를 입에 물고 있었는데 이제는 담배 연기가 아니라 아름다운 무지개 색깔의 거품을 뿜어 대고 있었어. 하지만 모자는 쓰지 않았지.

"이것 봐라!" 그가 말했어. "그래, 드디어 나타났구나! 네가 오래지 않아 프-사마소스(그는 '프'를 과장해서 발음하느라 콧방귀를 뀌었어) 영감에게 진저리를 낼 줄 알았지. 그 영감이 모든 것을 다 할 수는 없거든. 자, 무슨 일로 여기 내려온 거냐? 우리는 파티를 하고 있는데 네가 연주를 방해하고 있잖아."

"제발 아르테르사세스 씨, 아니, 제 말은 에르타사르세스 씨." 로버는 허둥거리며 아주 공손하게 말하려고 애썼어.

"오, 이름을 제대로 발음하려고 신경 쓰지 마! 난 개의치 않거든!" 마법사가 좀 언짢아하며 말했어. "곧장 본론으로 넘어가고, 간단히 해라. 난 길고 복잡한 이야기를 들을 시간이 없단 말이야." 그는 부유한 인어 왕의 딸과 결혼하고 차기 '태평양과 대서양 담당 마법사'(그들은 그가 옆에 없을 때면 간단히 줄여서 팸PAM이라 불렀지)(PAM은 Pacific and Atlantic Magician의 약칭으로, 카드놀이에서 으뜸패를 뜻하고 여자 이름 파멜라의 약칭이기도 함—역자 주)에 임명된 후 (낯선 이들에게) 거드름을 부리게 되었단다. "급한 일로 내게 얘기 하고 싶으면, 홀에 들어와 기다리는 게 좋겠다. 춤이 끝난 후 잠깐 시간을 낼 수 있을지 모르니."

그는 로버를 들이고는 문을 닫고 가 버렸단다. 그 작은 개가 있는 곳은 희미한 빛이 비치는 반구형 지붕 아래 엄청 나게 크고 어두운 공간이었어. 뾰족한 아치형 입구들이 있 었는데 해초들이 커튼처럼 드리워져 있어서 대체로 어두웠 지. 그런데 그중 하나는 빛으로 가득 찼고, 그 사이로 음악 소리가 크게 들려왔단다. 음악은 반복되지도 않고 쉬려고 멈추지도 않으며 계속해서 영원히 이어지는 것 같았어.

로버는 기다리는 데 곧 싫증이 나서, 빛나는 아치 문간으 로 걸어가서는 해초 커튼 사이로 들여다보았단다. 그곳은 방대한 무도회장이었어. 반구형 지붕이 일곱 개나 있고 산 호 기둥이 만 개나 서 있는데 더없이 순수한 마법으로 불이 밝혀져 있고 따뜻하고 반짝이는 물로 가득 차 있었어. 거기 서 금발의 인어들과 검은 머리칼의 사이렌들이 모두 노래 를 부르면서 함께 섞여 짜인 춤을 추고 있었어. 꼬리에 의 지해 추는 것이 아니라 맑은 물속에서 위아래로, 앞뒤로 헤엄치며 멋지게 추는 춤이었지.

누구도 문간에 늘어진 해초 사이로 훔쳐보는 작은 개의 코를 알아차리지 못했어. 그래서 한참 바라보다가 로버는 살금살금 기어 들어갔단다. 바닥에는 은빛 모래와 분홍색 비단조개가 깔려 있었는데, 조개들이 모두 열려 있고 부드럽게 소용돌이치는 물속에서 퍼덕였지. 로버는 벽에 바싹 붙어서 조개들 사이로 조심스럽게 얼마간 나아갔어. 갑자기 머리 위에서 어떤 목소리가 들려왔단다.

"아주 귀여운 강아지구나! 분명 바다 개가 아니라 육지 개야. 어떻게 여기 올 수 있었을까? 저렇게 작고 어린데!"

로버가 고개를 들어 보니, 황금색 머리칼에 커다란 검은 빗을 꽂은 아름다운 숙녀 인어가 그의 머리 위로 그리 멀지 않은 바위 턱에 앉아 있었어. 애처로운 꼬리를 늘어뜨린 채 그녀는 아르타세르세스의 녹색 양말 하나를 깁고 있었지. 물론 그녀는 아르타세르세스의 새 신부였단다. (보통 팸 공주로 알려져 있는 그녀는 평판이 좋았어. 그녀의 남편에 대해서는 그렇게 말할 수 없었지만.) 그 순간 아르타세르세스는 그녀 옆에 앉아 있었는데, 길고 복잡한 이야기를 들을 시간이 있든 없든 간에 아내의 이야기를 듣고 있었어. 아니면 로버가 나타나기 전부터 계속 들었을 거야. 아르타세르세스 부인은 로버가 눈에 띄자마자 길고 복잡한 자기 이야기와 양말 수선을 끝내고, 아래로 헤엄쳐 내려와 그를 안아서 자기 소파로 데려갔단다. 이곳은 사실 2층의 창가 자리였어(실내의 창문이었지). 바닷속의 집들은 계단이 없고, 우산도 없단다. 같은 이유로 문과 창문에도 큰 차이가 없었어.

숙녀 인어는 아름다운 (그리고 다소 큼직한) 몸을 다시 소파에 편안하게 파묻고는 로버를 무릎에 앉혔단다. 그러자 즉시 창가 좌석의 밑에서 귀에 거슬리는 으르렁 소리가 들려왔어.

"누워 있어, 로버! 누워 있어, 착하지!" 아르타세르세스 부인이 말했어. 하지만 그녀는 우리의 로버에게 말한 것이 아니라 하얀 인어 개에게 말하고 있었지. 그렇게 말했는데도 그 개는 밖으로 나와서 으르렁거리고 툴툴거리며 작은 물갈퀴 발로 물을 차고 크고 납작한 꼬리로 물을 후려치고, 날카로운 코로 거품을 내뿜고 있었어.

"지독한 꼬맹이로구나!" 그 새로운 개가 말했어. "저 형편없는 꼬리를 봐! 발은 또 어떻고! 저 한심한 가죽이라니!"

"네 모습이나 잘 봐." 숙녀 인어의 무릎에서 로버가 말

136

했지. "다시는 보고 싶지 않을걸! 누가 너를 로버라고 불렀지? 개인 척하는 올챙이와 오리의 잡종아!" 이 말에서 너희들은 두 강아지가 첫눈에 서로에게 호감을 느꼈다는 것을 알 수 있을 거야.

사실 그들은 곧 아주 친해졌단다. 로버와 달나라 개처럼 가까운 친구가 된 것은 아니었지만. 그건 다만 로버가 바다 밑에 머문 시간이 더 짧았고, 깊은 바다는 어린 강아지들에게 달만큼 즐거운 장소가 아니었기 때문일 거야. 깊은 바닷속은 빛이 닿은 적이 없고 앞으로도 없을 어둡고 무시무시한 곳들로 가득 차 있거든. 빛이 모두 사라질 때까지 절대로 드러나지 않을 곳이기 때문이야. 거기에는 끔찍한 것들이 살고 있단다. 상상할 수 없을 정도로 오래되었고, 주문이 걸리지 않을 정도로 막강하며, 측정할 수 없을 정도로 방대한 것들이었어. 아르타세르세스는 이미 그런 사실을 알아냈어. 팸이라는 직책이 세상에서 가장 편한 일은 아니란다.

"이제 헤엄쳐 가서 즐겁게 놀렴!" 개들의 말다툼이 잦아들고 두 동물이 그저 코를 킁킁거리며 서로 냄새를 맡고 있을 때 그의 아내가 말했어. "점감펭이를 괴롭히지 말고, 말미잘을 물어뜯지 말고, 조개에 잡히지 말고, 저녁 먹으러 돌아오렴!"

"제발, 전 수영을 할 줄 몰라요." 로버가 말했어.

"이런 어쩌나! 골치 아픈 일이구나!" 그녀가 말했어. "이봐요, 펨!" 그의 면전에 대고 그를 이렇게 부른 사람은 지금까지 그녀밖에 없었어. "마침내 당신이 정말로 할 수 있는 일이 생겼어요!"

"물론이오, 여보!" 마법사는 그녀의 청을 들어주고 싶어 안달이었고, 자신이 정말로 마술을 부릴 줄 아는 마법사이고 아무짝에도 쓸모없는 관리(그런 자들을 바다의 말로는 거머리라고 불렀지)가 아니라는 것을 보여 줄 수 있어서 즐거웠어. 그는 조끼 주머니에서 작은 지팡이—실은 그의 만년 필이었는데 이제는 글을 쓰는 데 소용이 없었어. 인어 종족이 사용하는 이상하게 끈적거리는 잉크가 그의 만년필에 전혀 맞지 않았거든—를 꺼내 로버 몸 위에서 흔들었단다.

아르타세르세스는, 어떤 사람들이 뭐라고 말하든 간에, 그 나름대로 정말 훌륭한 마술사였어. (그렇지 않았더라면 로버가 이런 모험을 겪는 일이 없었겠지.) 그의 마술은 간단한 기술이기는 하지만 그래도 많은 훈련이 필요한 것이었어. 어쨌든 처음에 손을 흔들자 로버의 꼬리가 물고기처럼 변하기 시작했고 발은 물갈퀴가 되었고 털은 점점 더 방수 외투처럼 변했단다. 몸이 완전히 달라지자 로버는 곧 그것에 익숙해졌어. 그리고 헤엄치는 것은 날아다니는 것보다 훨씬 쉽게 배울 수 있고 재미로 보자면 거의 비슷하고 그리 피곤하지 않다는 것을 알게 되었지. 바닷속 깊이 내려가려고 하지만 않는다면 말이지.

시험 삼아 헤엄쳐 무도회장을 한 바퀴 돌아온 후에 로버가 제일 먼저 한 일은 다른 개의 꼬리를 물어뜯은 것이었어. 물론 장난삼아 그랬지만, 장난이든 아니든 간에 그 즉시 싸움이 벌어질 뻔했단다. 인어 개가 화를 좀 잘 내는 성격이었기 때문이야. 로버는 몸을 피하기 위해서 가급적 빨리 달아날 수밖에 없었고, 또 민첩하게 재빨리 움직여야 했지. 맙소사! 추격전이 벌어졌단다. 창문으로 들어갔다 나가고, 어두운 복도를 따라가며 기둥들을 돌고, 밖으로 나가 반원형 지붕으로 올라가서 빙빙 돌았지. 마침내 인어 개는 기운이 빠졌고 화도 풀렸기에, 두 강아지는 깃대 옆에 있는 가장 높은 둥근 지붕 꼭대기에 함께 앉았단다. 진홍색과 녹색 해초들로 엮고 진주를 박은 인어 왕의 깃발이 그 깃대에서 펄럭이고 있었지.

"네 이름은 뭐야?" 인어 개가 잠시 숨을 가다듬고 말했어. "로버라고?" 그가 물었지. "그건 내 이름이야. 그러니 넌 가질 수 없어. 내가 먼저 가졌어!"

"네가 어떻게 알아?"

"당연히 알지! 넌 하룻강아지에 불과하다는 걸 알 수 있고, 네가 여기 내려온 지 5분도 지나지 않았잖아. 난 아주 오래전에, 몇백 년 전에 마법에 걸렸거든. 그러니 내가 모든 로버들 중에서 첫 번째일 거야.

내 첫 번째 주인은 로버였어. 진짜 방랑자, 북쪽 바다에서 자기 배를 몰았던 바다 방랑자였지. 빨간 돛들이 달린 긴 배였는데 뱃머리가 용처럼 만들어져 있었어. 주인님은 그 배를 '붉은 용'이라고 불렀고 매우 좋아하셨어. 나는 작은 강아지에 불과했지만 그분을 사랑했어. 주인님은 나를 별로 주목하지 않았지만 말이야. 난 사냥을 나갈 만큼 몸집이 크지 않았고, 그분은 항해할 때 개를 데리고 가지 않았거든. 어느 날 나는 요청받지도 않았는데 항해에 나섰지.

140

주인님이 아내에게 작별 인사를 하고 있었어. 바람이 불고 있었고, 사람들은 '붉은 용'을 굴림대에 놓고 바다로 밀고 있었지. 용의 목 주위에서 하얗게 거품이 부서졌는데, 나도 같이 가지 않으면 그날 이후로 다시는 주인님을 보지 못할 거라는 느낌이 불현듯 들었지. 그래서 어떻게든 몰래 갑판에 올라탔고, 물통 뒤에 숨었어. 그리고 먼 바다로 나가서 해안의 중요한 지형물이 바닷물에 가려 보이지 않았을 때가 되어서야 사람들이 나를 찾아냈지.

그들이 꼬리를 잡아 나를 끌어냈을 때 나를 로버라고 불렀어. '여기 멋진 바다 방랑자가 있군!' 누군가 말했지. '그런데 이상한 운명이 그를 기다리고 있지. 다시는 집으로 돌아가지 못할 거야.' 기묘하게 생긴 눈을 가진 사람이 말했어. 그리고 정말로 나는 다시 집에 돌아가지 못했어. 그리고 몸집이 커지지도 않았어. 나이는 아주 많아지고, 물론 더 현명해졌지만.

그 항해를 하는 동안 해전이 벌어졌어. 화살들이 날아오고 칼이 방패에 부딪치고 있을 때 나는 앞 갑판으로 달려갔지. 그런데 '검은 백조' 호의 선원들이 우리 배에 올라와서 내 주인님의 선원들을 뱃전 너머로 떨어뜨렸어. 마지막으로 남은 사람이 주인님이었지. 그분은 용의 머리 옆에 서 있다가 갑옷을 입은 채 바다로 뛰어들었어. 그래서 나도 그 분의 뒤를 따라 뛰어들었지.

주인님은 나보다 더 빨리 바다에 가라앉았지. 하지만 인 어들이 그분을 붙잡았어. 나는 그분을 빨리 육지로 데려가 라고 인어들에게 말했지. 주인님이 집에 돌아가지 않으면 많은 사람들이 슬퍼할 테니까. 그들은 내게 미소를 짓더니 그를 들어 올려 어디론가 운반했어. 어떤 인어들은 그분을 해안으로 데려갔다고 말했고, 어떤 인어들은 내게 고개를 가로저었지. 인어들은 믿을 수 없어. 자기들의 비밀을 잘 지키는 것 빼고 말이야. 그 점에 있어서는 굴보다도 나아 (굴oyster은 입이 무거운 사람을 가리키기도 함—역자 주).

그들이 실은 주인님을 백사장에 묻었을 거라고 나는 종 종 생각해. 여기서 멀리 떨어진 곳에 '검은 백조' 호의 선원 들이 빠뜨린 '붉은 용' 호의 잔해가 아직도 남아 있어. 아니, 내가 마지막으로 거기를 지났을 때 남아 있었어. 그 주변 과 위에 해초가 숲처럼 무성하게 자랐는데, 용의 머리만 제 외하고 어디나 그랬지. 왜 그런지 모르지만 용의 머리 위에 서는 따개비도 자라지 않았고 그 밑에 하얀 모래 언덕이 있었어.

나는 그곳을 오래전에 떠났어. 그리고 서서히 바다 강아지로 바뀌어 갔지. 당시에는 나이 많은 바다 여인들이 마술을 부리곤 했거든. 그중 한 부인이 내게 친절하게 대해 주었어. 그 부인이 나를 인어 왕에게, 현재 왕의 할아버지에게 선물로 주었고, 그 이후로 나는 궁전 안팎을 돌아다녔지. 내 이야기는 그게 전부야. 그건 수백 년 전에 일어난 일이고, 그 후에 나는 높은 바다와 낮은 바다를 많이 봤지만, 결코 집에 돌아가지는 못했어. 이제 네 얘기를 해 봐! 혹시 북해—그 당시에는 잉글랜드 바다라고 부르곤 했지—에서 온 것은 아니겠지? 아니면 오크니 제도(스코틀랜드 북방의 여러 섬—역자 주)나 그 주위의 오래된 곳들을 알고 있니?"

우리의 로버는 예전에 고작 '바다'라는 말 외에는 들어 본 것이 없고 그것도 많이 들어 본 적이 없었다고 고백해야 했지. "그렇지만 나는 달에 가 본 적이 있어." 그가 말했고, 새 친구가 잘 이해할 수 있도록 그 사건에 대해 최대한 자세히 말해 주었단다.

인어 강아지는 로버의 이야기를 무척 재미있어했고, 적어도 그 절반은 믿었단다. "아주 멋진 이야기야." 그가 말했어. "한동안 들은 이야기 중에서 최고였어. 나는 달을 본 적은 있어. 어쩌다가 꼭대기로 올라가거든. 하지만 달이 그런 곳인 줄은 상상도 못 했어. 세상에나! 저 하늘의 강아지는 건방지게 굴었구나. 로버가 셋이라니! 둘만 있어도 나쁜데 셋이라니 어처구니없어! 그리고 그가 나보다 나이가 많다고는 한순간도 믿지 않아. 만일 그가 백 살이라고만 해도 나는 엄청나게 놀랄걸."

아마 그의 말이 옳았을 거야. 너희들이 알고 있듯이, 달나라 개는 과장을 많이 했거든. "그리고 어쨌든." 인어 개가 말했어. "녀석은 스스로 그 이름을 붙였을 뿐이야. 내 이름은 남들이 지어 준 거고."

"내 이름도 마찬가지야." 우리의 작은 강아지가 말했단다.

"아무 이유도 없이 붙여 준 거지. 네가 어떤 식으로든 그 이름을 얻을 자격을 얻기 전에 말이야. 난 달나라 사람의 생각이 마음에 들어. 나도 널 로버랜덤이라고 불러야겠어. 내가 너라면 그 이름을 바꾸지 않을 거야. 너는 다음에 어디로 갈지 전혀 알지 못하는 것 같으니까! 저녁을 먹으러 가자!"

생선 맛이 나는 저녁 식사였지만 로버랜덤은 곧 익숙해졌고, 물갈퀴가 달린 발에 잘 맞는 식사 같았어. 저녁 식사 후에 자신이 왜 바다 밑바닥까지 왔는지 갑자기 생각이 났지. 그래서 아르타세르세스를 찾으러 갔단다. 그는 거품 방울을 불고 있었고, 그것을 진짜 공으로 만들어 어린 인어 아이들을 즐겁게 해 주었지.

"제발, 아르타세르세스 씨, 성가시겠지만 저를 바꿔 주실수—?" 로버랜덤이 말을 꺼냈어.

"아! 저리 가!" 마술사가 말했어. "나를 성가시게 하면 안 된다는 것을 모르겠어? 지금은 안 돼. 난 바쁘니까." 아르타세르세스는 중요하게 생각하지 않는 이들에게 이 말을 너무 자주 했어. 그는 로버가 무엇을 원하는지 잘 알고 있었지만, 자신은 급하게 서두를 이유가 없었지.

그래서 로버랜덤은 잠을 자러 헤엄을 쳐서 갔단다. 아니, 정원의 높은 바위 위에서 자라는 해초 더미에서 쉬었지. 바로 그 밑에서 늙은 고래가 쉬고 있었어. 만일 누군가가 고래는 바다의 밑바닥에 내려가지 않는다거나, 그 바닥에서 몇 시간이나 조는 일이 없다고 말한다면, 너희는 그런 말에 신경 쓸 필요가 없단다. 늙은 우인은 어느 모로 보나 예외

적인 고래니까.

"아?" 우인이 말했어. "어떻게 되었니? 네 몸은 아직
도 장난감 크기로구나. 아르타세르세스에게 무슨 일이 생
겼니? 그가 아무것도 할 수 없는 거니, 아니면 하지 않는
거니?"

"그는 할 수 있을 것 같아요." 로버랜덤이 대답했어. "제
새로운 모습을 보세요! 하지만 제가 몸의 크기에 대해 이야
기를 꺼내려고 하면, 그는 계속해서 너무 바쁘다고 말해요.
긴 설명을 들을 시간이 없대요."

"푸푸!" 고래가 이렇게 소리를 내며 꼬리로 나무를 쳐서
넘어뜨렸고—휙 쓰러진 나무 때문에 로버랜덤은 바위 위에
서 쓸려나갈 뻔했단다. "팸이 이 지역에서 성공할 것 같지
않지만, 그래도 나는 걱정하지 않아. 너는 조만간 잘 될 거
야. 그동안에, 새로운 구경거리를 내일 많이 볼 수 있단다.
그만 자거라! 그럼 잘 있어!" 그리고 그는 어둠 속으로 헤엄
쳐 갔어. 우인이 작은 만으로 가서 이런 사실을 알려 주자
프사마소스 영감은 또다시 노발대발했지.

궁전의 불이 모두 꺼졌어. 그 깊고 깜깜한 물 사이로 달

빛이나 별빛은 전혀 내려오지 않았지. 초록색은 점점 어두워지다가 온통 새까매졌어. 빛을 발하는 커다란 물고기들이 천천히 해초 사이를 지나갈 때를 제외하면 흐릿한 빛도 보이지 않았단다. 하지만 로버랜덤은 그날 밤과 그다음 날 밤, 그 후의 며칠 밤을 쿨쿨 잘 잤어. 그리고 다음 날과 그다음 날도 마술사를 찾아갔지만 어디에서도 그를 찾을 수 없었어.

어느 날 아침에는 자신이 완전히 바다 강아지가 된 기분이 들기 시작했고, 그곳에서 영원히 살게 되는 것은 아닌지 의아해하고 있을 때, 인어 개가 그에게 말했어. "그 성가신 마법사! 아니, 그를 성가시게 하지 마! 오늘은 그를 내버려 두고, 정말 긴 수영을 하러 떠나자!"

그들은 출발했고, 그 긴 수영은 며칠간 지속된 여행이 되었단다. 그동안 엄청난 거리를 이동했지. 이 둘이 마법에 걸린 강아지라는 것을 기억해야 해. 바다에 사는 평범한 동물들은 그들을 따라잡을 수 없었어. 강아지들은 해저의 절벽과 산, 그리고 중간 높이의 바다에서 달리기 시합을 하는데 싫증이 났을 때, 위로, 위로, 위로 2킬로미터가량 물을 뚫고 올라갔단다. 맨 위에 올라가 보니 땅이라고는 전혀 보이지 않았어.

주위의 바다는 온통 잿빛으로 부드럽고 잔잔했지. 그런데 갑자기 새벽녘의 차가운 바람이 약간 불자 반반한 수면에 물결이 일고 군데군데 어두워졌지. 갑자기 바다의 가장자리 너머에서 태양이 고함을 지르며 고개를 들었어. 뜨거운 포도주를 마시고 있었던 듯이 시뻘겠어. 그러더니 해는 재빨리 공중으로 뛰어올라서 하루의 여행을 시작했단다. 파도 마루를 금빛으로 물들이고, 파도 사이의 어두운 골을 암녹색으로 바꾸었지. 배 한 척이 바다와 하늘의 끝에서 항해하고 있었어. 그 배는 태양을 향해 곧바로 나아갔고 그 빛을 등진 돛대가 검게 보였지.

"저 배는 어디로 가는 걸까?" 로버랜덤이 물었어.

"아! 일본 아니면 호놀룰루, 그것도 아니면 마닐라, 또는 이스터섬 혹은 목요섬이나 블라디보스토크, 아니면 어딘가 다른 데로 가겠지." 수백 년간 방랑하고 다녔다고 자랑했지만 그 인어 개의 지리 감각은 좀 모호했어. "여기는 태평양일 거야. 하지만 어느 쪽인지는 모르겠어. 느낌으로는 따뜻한 지역인 것 같아. 여긴 꽤 큰 물웅덩이거든. 가서 먹을 것을 찾아보자!"

그들이 며칠 후에 돌아왔을 때 로버랜덤은 즉시 마법사를 다시 찾으러 갔단다. 그는 마법사를 오랫동안 잘 쉬게 해 주었다고 생각했지.

"제발, 아르타세르세스 씨, 성가시겠지만―." 그는 전처럼 말을 꺼냈어.

"안 돼! 그럴 시간 없어!" 아르타세르세스가 전보다 더 단호하게 말했단다. 하지만 사실 이번에는 정말로 바빴어. 불평 사항들이 우편으로 접수되었거든. 너희들도 상상할 수 있겠지만, 바다에서도 물론 온갖 종류의 일들이 잘못되곤 한단다. 대양 최고의 팸이라고 해도 미리 막을 수 없는 일들 말이야. 그중에는 그와 아무 상관도 없다고 여겨지는 일들도 있지. 이따금 난파선이 누군가의 바닷속 집 지붕에 쾅 떨어진단다. 해저 바다에서 폭발이 일어나서 (아 그래! 거기에도 화산이 있고, 우리에게 있는 것 같은 아주 고약한 온갖 골칫거리들이 있단다) 대회에서 우승한 누군가의 금붕어나 말미잘 양식장, 또는 세상에 단 하나밖에 없는 진주조개, 혹은 유명한 바위와 산호 정원을 날려 버리거든. 또는 야만적인 물고기들이 노상에서 싸움을 벌이다가 인어 아이들을 쓰러뜨리거나, 정신 나간 상어들이 식당 창문으로 헤엄쳐 들어와 저녁 식사를 망쳐 버리거나, 또는 검은 심연에 사는 교활하고 음침하고 입에 담지 못할 괴물들이 끔찍하고 사악한 짓을 저지른단다.

인어 종족은 늘 이런 문제들을 견디며 살아왔지만 불평을 하지 않는 것은 아니었어. 그들은 불평하기를 좋아했거든. 물론 그들은 《주간 잡초》, 《인어통신》, 《대양 의견》에 편지를 보내곤 했지. 하지만 이제는 팸이 있으니 그에게도 편지를 썼고, **모든 사건**에 대해 그를 비난했어. 자기들이 기르는 애완용 가재에게 꼬리를 물리는 일이 일어나도 말이야. 그들은 그의 마술이 적합하지 않았고 (때로 그랬지) 그의 봉급을 삭감해야 한다고 말했어(옳은 말이지만 무례했지). 그리고 그가 (너무 거드름을 부린다는 뜻으로) 그의 장화에 비해 너무 크다고 말했단다. (이 말도 진실에 가까웠어. 그런데 그들은 슬리퍼라고 말했어야 했어. 그는 너무 게을러서 장화를 자주 신지 않았거든.) 그 외에도 그들은 아르타세르세스를 성가시게 할 수많은 말을 아침마다 쏟아 냈고, 특히 월요일마다 퍼부었지. 월요일은 언제나 (수백 통의 편지 봉투가 밀려와서) 최악이었어. 바로 이날이 월요일이었기 때문에 아르타세르세스는 로버랜덤에게 돌덩이를 하나를 던졌고, 로버는 그물에서 빠져나온 새우처럼 살짝 빠져나갔단다.

정원으로 나와서 자기 몸에 아직 달라진 곳이 없다는 것을 알고 로버는 기뻤단다. 아마 그가 재빨리 몸을 피하지 않았으면 마법사는 그를 바다 민달팽이로 바꿔 버리거나 그를 어느 아주 외진 곳(어디 있는 곳이든 간에)이나 심지어 못(가장 깊은 바닷속 밑바닥)에 보내 버렸을 거야. 로버는 몹시 화가 나서 바다 로버에게 가서 투덜거렸어.

"어쨌든 월요일이 지날 때까지 그를 내버려 두는 편이 나을 거야." 인어 개가 조언했어. "내가 너라면 앞으로 월요일은 완전히 빼 버리겠어. 자, 다시 헤엄치러 가자!"

그 후 로버랜덤이 마법사를 너무 오래 쉬게 해 주어서 그 둘은 서로를 잊어버릴 정도였단다. 그렇지만 완전히 잊은 것은 아니었지. 개들은 누가 던진 돌덩이를 쉽게 잊어버리지 않거든. 하지만 겉으로 보기에 로버랜덤은 바다에 정착해서 궁전에 영원히 거주하는 애완동물이 된 것 같았어. 그는 늘 인어 개와 어딘가에 가 있었고 인어 아이들도 종종 함께 가곤 했어. 로버랜덤의 생각에 그 아이들은 사실 두 다리를 가진 아이들처럼 명랑하지는 않았지만 (물론 로버랜덤은 실제로 바다에 속한 동물이 아니라서 온전한 판단을 내릴 수

는 없었어) 그를 행복하게 해 주었단다. 그 아이들은 로버를
영원히 그곳에 머물게 했을 테고, 결국에는 어린 소년 투를
잊게 했을지 몰라. 나중에 일어난 사건만 아니었더라면 말
이지. 그 사건들에 프사마소스가 관련되었을지 어떨지는
너희들이 스스로 판단할 수 있을 거야, 우리가 그 사건들로
나아갔을 때.

어떻든 많은 인어 아이들과 함께 놀 수 있었어. 늙은 인
어 왕에게는 딸이 수백 명이나 있고 손자가 수천 명이 있었
는데 모두 같은 궁전에서 살았거든. 그 아이들 모두 두 로
버를 좋아했고, 아르타세르세스 부인도 마찬가지였어. 로
버랜덤이 부인에게 자기 사연을 들려줄 생각을 전혀 하지
못한 것은 참 안타까운 일이야. 그녀라면 팸이 어떤 기분
이든 잘 다룰 수 있었을 텐데. 하지만 그랬더라면 물론 로
버랜덤은 육지로 더 일찍 돌아갔을 테니까 많은 구경거리
를 놓쳤겠지. 로버는 아르타세르세스 부인과 인어 아이들
몇 명과 함께 '거대한 흰 동굴'에 가 보았는데, 그곳에는 바
다에서 잃어버린 모든 보석과 원래부터 바다에 있던 많은
보물, 그리고 물론 수많은 진주가 쌓여 있고 숨겨져 있었
단다.

또 한 번은 작은 바다 요정들을 보러 바다 밑바닥에 있는 작은 유리 집을 찾아갔지. 바다 요정들은 헤엄을 치는 일이 거의 없지만, 부드러운 해저 바닥에서 노래를 부르며 배회하거나, 아주 작은 물고기들이 끄는 조개 수레를 타고 다닌단다. 그도 아니면 작은 녹색 꽃게에 가느다란 실로 엮은 굴레를 씌워 양다리를 벌려 타고 다니기도 하지(물론 굴레를 씌워도 게들이 늘 그렇듯 옆으로 기어가는 것은 어찌지 못한단다). 바다 요정들은 바다 고블린들 때문에 애를 먹고 있지. 더 크고, 못생기고, 소란스러운 바다 고블린들은 마냥 싸우기만 하고, 물고기를 사냥하고, 해마를 타고 질주하기만 하지. 그들은 물 밖에서도 오랫동안 살 수 있고 폭풍이 일 때는 물가에서 파도를 타며 놀기도 해. 일부 바다 요정들도 그럴 수 있지만, 그들은 고적한 해안에서 여름날 저녁에 고요하고 따뜻한 밤을 보내는 것을 더 좋아하지(그래서 당연히 결과적으로 사람들의 눈에 띄는 경우가 거의 없단다).

어느 날인가 늙은 우인이 다시 나타나서는 기분 전환을 시켜 주려고 두 강아지를 태워 주었어. 마치 움직이는 산을 타고 가는 것 같았지. 그들은 여러 날을 떠나 있었고, 세

계의 동쪽 끝까지 가서는 때맞춰 돌아섰어. 거기서 고래는
꼭대기로 올라가서 분수처럼 물을 뿜어냈는데 너무 높이
뿜어서 많은 물이 세계 바깥으로, 가장자리 너머에 쏟아졌
단다.

또 한 번 우인은 그들을 세계의 다른 쪽 끝까지 (아니, 그
가 엄두를 낼 수 있는 한 끝 가까이) 데려갔어. 훨씬 더 길고 신
나는 여행이었고, 로버랜덤에게 지금까지의 모든 여행 중
에서 가장 놀라운 경험이었지. 로버랜덤은 나중에 성장해
서 더 나이 먹고 현명한 개가 된 다음에야 그것을 깨달았단
다. 두 강아지가 지도에 그려지지 않은 바다에서 온갖 모험
을 하고 지리에 나오지 않는 미지의 땅을 흘끗 본 것을 너
희들에게 들려주려면 적어도 완전히 새로운 이야기를 시
작해야 할 거야. 그들이 그늘의 바다를 지나 마법의 섬 너
머에 있는 (이른바) 요정의 땅의 방대한 만에 도달하기 전에
말이지. 그들은 저 멀리 마지막 서녘에서 요정의 고향의 산
맥과 파도에 비치는 요정나라의 빛을 보았단다. 로버랜덤
은 그 산맥 아래 초록 언덕에 있는 요정들의 도시를, 멀리
서 번뜩이는 흰빛을 흘끗 본 것 같았어. 하지만 우인이 너
무나 갑자기 물속으로 뛰어드는 바람에 확신은 할 수 없었

지. 만일 그의 생각이 옳았다면, 그는 다리가 두 개이든 네 개이든 간에 우리 땅 위를 걸어 다니는 생물체 중에서 까마득히 멀리 떨어져 있는 저 다른 땅을 얼핏 보았다고 말할 수 있는 극소수의 하나인 셈이지.

"이게 발각되면 난 혼쭐이 날 거야!" 우인이 말했어. "바깥땅의 누구도 여기에 올 수 없게 되어 있거든. 이제는 여기 오는 이가 거의 없어. 누구에게도 말해선 안 돼!"

내가 개들에 대해서 했던 말을 잊지 않았지? 개들은 심술궂게 자기에게 내던진 돌덩이를 절대로 잊지 않는다고. 그래서 이렇게 다양한 곳들을 구경하고 놀라운 여행을 했음에도 불구하고 로버랜덤은 그 돌덩이를 마음 아래쪽에 내내 간직하고 있었어. 그리고 집에 돌아오자마자, 그 기억이 마음 위쪽으로 떠올랐단다.

제일 먼저 든 생각은 이러했어. '그 늙은 마법사는 대체 어디 있지? 그에게 공손하게 굴어 봐야 무슨 소용이야! 기회가 조금만 생기면 그의 바지를 다시 찢어 놓을 거야.'

아르타세르세스와 단둘이 이야기를 나누려 애썼지만 아무 소용도 없자 그런 마음에 빠져들었지. 그러고 있을 때 마법사가 궁전에서 뻗어 나간 왕도를 따라 지나가는 것을 보았어. 마법사는 물론 자기 나이에 대한 자부심이 너무 강해서 꼬리나 지느러미를 기르지 않았고 수영을 제대로 배우지도 않았어. 그가 물고기처럼 한 일은 오로지 마시는 것뿐이었지(바다에서도 그랬으니 술을 좋아했음에 틀림없어). 그는 공식적인 업무를 보는 데 사용할 수 있었을 많은 시간을 자기 사실에서 보내며 주문을 외워 사과주를 만들고 큰 통들에 넣었단다. 빨리 돌아다니고 싶을 때는 수레를 탔어. 로버랜덤이 그를 보았을 때, 그는 자신의 급행 수레—일곱 마리의 상어가 끄는 새조개 모양의 거대한 조가비—를 타고 있었지. 인어들은 상어에게 물릴까 봐 재빨리 길을 비켜 주었단다.

"따라가자!" 로버랜덤이 인어 개에게 이렇게 말하고는 정말로 따라갔어. 그리고 이 고약한 개 두 마리는 수레가 절벽 아래를 지나갈 때마다 바위 조각들을 떨어뜨렸어. 이미 내가 말했듯이, 이 개들은 놀라울 정도로 빨리 뛰어갈 수 있었거든. 그래서 이 개들은 잽싸게 먼저 가서 잡초 덤불에 숨었고, 손에 넣을 수 있는 어떤 돌이든 절벽 너머로 밀었지. 그것 때문에 마법사는 몹시 화가 났지만, 개들은 그가 자신들을 발견하지 못하도록 조심했어.

아르타세르세스는 출발하기 전부터 몹시 기분이 나빴는데 멀리 가지도 않아 맹렬하게 화를 냈단다. 불안감이 섞인 분노였어. 왜냐하면 그는 갑자기 나타난 특이한 소용돌이로 인한 피해를 조사하러 가는 길이었거든. 그 소용돌이는 그가 전혀 좋아하지 않는 지역에서 일어났어. 그는 그쪽 지역에 뭔가 위험한 것이 있는데 그냥 내버려 두는 편이 제일 낫다고 생각했었지(그리고 그의 생각이 옳았어). 너희들은 무엇이 문제인지 짐작할 수 있을 거야. 아르타세르세스는 짐작했단다. 늙은 바다뱀이 깨어나고 있었어. 아니면 깨어나 볼까 하고 생각하고 있었지.

그 바다뱀은 지난 몇 년간 깊은 잠에 빠져 있었는데 이제 몸을 뒤척이고 있었어. 똬리를 틀고 있는 몸을 풀면 길이가 분명 170킬로미터에 달했을 거야(어떤 사람들은 그가 세계의 **끝**에서 **끝**까지 닿을 거라고 말하지만, 그건 과장된 말이야). 그리고 그가 몸을 둥글게 말 때, 그의 몸이 들어갈 수 있는 동굴은 온 바다에서 폿(그가 예전에 살던 곳이고, 많은 이들은 그가 그곳으로 돌아가기를 바란다)을 제외하면 단 한 곳밖에 없었어. 그런데 그 동굴은 매우 불행하게도 인어 왕의 궁전에서 170킬로미터도 떨어져 있지 않았지.

그가 잠결에 한두 번 몸을 뒤척였을 때, 근방의 수십 킬로미터에 달하는 지역에서 물이 솟구쳐 올라 주민들의 집을 뒤흔들어 부수고 그들의 휴식을 망쳐 놨단다. 하지만 그것을 조사하라고 팸을 보낸 것은 매우 어리석은 일이었어. 왜냐하면 물론 바다뱀은 그 누구도 억제할 수 없을 정도로 거대하고, 강력하고, 늙고, 멍청했거든(그에게 흔히 붙는 다른 형용사를 들자면 원초적인, 선사 시대의, 심해에서 솟아난, 우화에 나오는, 신화적인, 어리석은 등이 있었지). 그리고 아르타세르세스는 그 모든 것을 너무나 잘 알고 있었어.

달나라 사람이라도 50년간 열심히 노력해 본들 이 바다뱀을 묶을 수 있을 만큼 크거나 길거나 강력한 주문을 만들 수 없었을 거야. 딱 한 번 (특별한 요청을 받고) 달나라 사람이 시도한 적이 있었는데, 그 결과 적어도 대륙 하나가 바다에 가라앉아 버렸어.

가엾은 노인 아르타세르세스는 수레를 몰고 곧장 바다뱀의 동굴 입구로 올라갔단다. 그런데 수레에서 내리자마자 입구 밖으로 삐져나온 바다뱀의 꼬리 끝이 보였어. 그것은 한 줄로 늘어선 거대한 물통들보다 더 컸고 초록색인 데다 끈적거렸어. 그것만 봐도 그에게는 충분했지. 그는 그 지렁이가 몸을 돌리기 전에 빨리 집에 돌아가고 싶었어. 지렁이들은 예상치 못한 순간에 몸을 돌리곤 하거든.

그런데 어린 로버랜덤이 모든 일을 망쳐 놓았단다! 그는 바다뱀에 대해 전혀 알지 못했고 그것이 엄청나게 무섭다는 것도 몰랐어. 그가 생각한 것이라고는 성질 나쁜 마법사의 화를 돋우는 것뿐이었지. 그래서 기회가 왔을 때―아르타세르세스는 굴 밖에 드러난 뱀의 꼬리 끝을 바보처럼 멍하니 쳐다보고 있고, 그의 수레 상어들은 아무것도 특별히 주시하지 않고 있을 때―그는 살금살금 다가가서 상어의 꼬리 하나를 장난삼아 깨물었단다. 장난으로! 정말로 재미있었지! 상어가 당장 앞으로 뛰쳐나갔고, 수레도 함께 돌진했어. 그때 수레를 타려고 몸을 돌리던 아르타세르세스는 뒤로 벌렁 자빠졌지. 순간 그 상어는 입이 닿을 수 있는 단 한 가지를 깨물었는데 바로 앞에 있는 상어였어. 그 상어는 자기 앞의 상어를 물었고, 이렇게 계속 물어뜯다가 급기야 마지막 일곱 번째 상어는 물 수 있는 것이 보이지 않자―아뿔싸! 그 바보가 바다뱀의 꼬리를 물지 않았더라면 좋았으련만!

전혀 예기치 않게 바다뱀이 새로 몸을 돌렸단다. 그다음
순간에 강아지들이 알게 된 것은 미처 날뛰는 물에 휩쓸려
사방으로 빙빙 돌고 있다는 것이었어. 어지럽게 도는 물고
기들과 빠르게 돌고 있는 바다 나무들에 부딪혔고, 구름처
럼 자욱하게 일어난 뿌리 뽑힌 잡초들과 모래, 조개껍데기,
민달팽이, 작은 고둥, 그리고 잡다한 것들 속에서 겁이 나
서 죽을 지경이었지. 그런데 상황은 점점 더 나빠졌어. 뱀
이 계속해서 돌았거든. 아르타세르세스 영감은 상어들의
고삐에 매달려 사방으로 빙글빙글 돌면서 그들에게 끔찍한
욕을 퍼부었어. 상어들에게 그랬다는 뜻이야. 이 이야기에
다행스럽게도, 로버랜덤이 무슨 짓을 저질렀는지 그는 전
혀 알지 못했거든.

그 강아지들이 어떻게 집에 돌아왔는지는 알지 못한단
다. 어쨌든 길고 긴 시간이 지나서야 집에 돌아올 수 있었
어. 처음에 그 강아지들은 바다뱀이 요동을 치면서 일으킨
어마어마한 밀물에 실려 해안으로 쓸려 갔단다. 그러고 나
서는 바다 다른 쪽의 어부들에게 잡혔고, 수족관으로 보내
질 뻔했어(혐오스러운 운명이지). 그런데 구사일생으로 그곳
을 탈출한 후, 끊임없이 발생하는 지하의 격동을 최대한 잘

견디며 그 먼 길을 돌아와야 했지.

　마침내 그들이 집에 돌아왔을 때, 그곳에도 엄청난 소동이 일어나고 있었단다. 인어 종족이 모두 왕궁 주위에 몰려들어 일제히 소리쳤거든.

　"팸을 끌어내라!" (그래! 그들은 이제 그를 공개적으로 그렇게 불렀어. 더 긴 이름이나 더 품위 있는 이름은 전혀 사용하지 않았지.) **"팸을 끌어내라! 팸을 끌어내라!"**

　그런데 그 팸은 지하실에 숨어 있었어. 아르타세르세스 부인이 마침내 그곳에서 그를 찾아내서 밖으로 나오게 했지. 그가 다락방 창문으로 밖을 내다보자 모든 인어 종족이 소리쳤어.

　"이 미친 짓을 멈춰! 이 미친 짓을 멈춰! 이 미친 짓을 멈춰!"

　그들이 너무나 시끌벅적하게 소란을 부렸기에 온 세계의 바닷가 사람들은 바닷물이 평소보다 더 크게 포효한다고 생각했지. 사실 그랬어! 바다뱀이 입으로 자기 꼬리 끝을 물려고 정신 나간 듯이 계속 빙빙 돌았거든. 하지만 고맙게도! 바다뱀은 완전히 잠에서 깬 상태가 아니었어. 그렇지 않았더라면 화가 나서 굴 밖으로 나와 꼬리를 마구 흔들 었을 테고 그러면 또 다른 대륙이 물에 빠졌을 거야. (물론 그렇게 될 때 정말로 유감스러운 사건인지 아닌지는 그가 어느 대 륙을 뒤흔들었는지, 너희가 어느 대륙에 살고 있는지에 달려 있지 만 말이지.)

그런데 인어 종족이 사는 곳은 대륙이 아니었고 바닷속, 그것도 바로 격렬하게 요동치는 한복판이었지. 그리고 바 다는 점점 더 격렬하게 소용돌이치고 있었단다. 그들은 팸 에게 바다뱀을 진정시키는 주문이나 방책, 해결책을 만들 어 내라고 지시하는 것이 인어 왕의 책무라고 주장했어. 물 이 너무나 심하게 요동치는 바람에 그들은 음식을 먹거나 코를 풀려고 손을 얼굴에 댈 수도 없었고, 늘 다른 이들과 부딪혔지. 바닷물이 너무 요동치는 바람에 물고기들은 모 두 멀미를 했고, 물이 너무 탁하고 모래가 잔뜩 섞여 있어 서 모두들 기침을 했단다. 춤은 중단되었어.

아르타세르세스는 끙 하고 신음 소리를 냈지만 무언가를 해야만 했지. 그래서 그는 작업장으로 가서 이 주일간 틀어 박혀 있었어. 그사이에 지진이 세 번 일어났고, 해저 허리 케인이 두 번, 그리고 인어 종족의 폭동이 여러 차례 일어났단다. 그 후에 아르타세르세스가 밖으로 나오더니 동굴에서 멀리 떨어진 곳에서 대단히 엄청난 마법을 (달래려는 듯한 주문을 외우며) 풀어놓았어. 모두들 집에 돌아가 지하실에 앉아 기다렸지. 아르타세르세스 부인과 그의 불운한 남편을 제외하고 말이야. 마법사는 (멀리 떨어져 있기는 하지만 안전하지는 않은 거리에) 남아서 그 결과를 지켜보아야 했고, 아르타세르세스 부인은 남아서 마법사를 지켜보아야 했지.

그 마법은 뱀에게 끔찍한 악몽을 꾸게 했을 뿐이었어. 뱀은 온몸이 따개비에 덮이고(매우 짜증스러웠는데 부분적으로는 사실이었어), 또 화산의 불에 천천히 구워지는 (매우 고통스러웠는데 불운하게도 순전히 상상이었어) 꿈을 꾸었어. 그리고 그 꿈 때문에 뱀은 정신이 완전히 들었단다!

어쩌면 아르타세르세스의 마술은 남들의 예상보다 더 훌륭했을 거야. 여하튼 바다뱀이 굴 밖으로 나오지는 않았거든. 이 이야기에는 다행스러운 일이지. 그는 꼬리가 있던 곳에 머리를 대고 하품을 했는데, 입을 동굴만큼 크게 벌리고 너무나 큰 소리로 콧방귀를 뀌었기 때문에 바다의 모든 왕국에서 지하실에 숨었던 자들이 모두 그 소리를 들었단다.

그러고 나서 바다뱀이 말했어. "이 **미친 짓**을 멈춰!"

그리고 이렇게 덧붙였지. "꼴도 보기 싫은 이 마법사가 당장 꺼지지 않으면, 그자가 혹시라도 바다에서 노라도 젓는다면, 내가 밖으로 **나가 주마**. 그리고 그자를 먼저 먹어 치우고, 모든 것이 산산조각이 나서 물이 뚝뚝 떨어지도록 부숴 버리겠다. 그럼 이만, 안녕!"

아르타세르세스 부인은 졸도한 팸을 집으로 데려갔단다.

그는 정신을 차린 뒤에—금세 정신을 차렸어. 그들이 조치를 취했거든—뱀에게 걸었던 주문을 풀고, 가방을 꾸렸단다. 모든 인어들이 이렇게 말하고 소리쳤어.

"팸을 쫓아내라! 속이 다 시원하다! 그럼 이만, 안녕!"

인어 왕은 말했어. "우리는 자네를 잃고 싶지 않지만, 자네가 떠나야 한다고 생각하네." 그래서 아르타세르세스는 자신이 아주 하찮고 보잘것없는 인물이라고 느꼈단다(그에게는 좋은 일이었지). 인어 개조차 그를 비웃었어.

하지만 아주 우습게도, 로버랜덤은 무척 화가 났단다. 어쨌든 아르타세르세스의 마술이 효과가 없는 건 아니라는 것을 알 수 있는 자기만의 이유가 있었잖아. 그리고 상어의 꼬리를 물어뜯었던 건 바로 자기였어, 그렇지 않아? 그리고 이 모든 사태는 바지를 물어뜯은 사건에서 시작되었지. 또 로버랜덤 자신은 육지에 속한 강아지였기 때문에, 가엾은 육지의 마법사가 이 바다 종족들에게 시달리는 것이 좀 가혹하다고 느꼈지.

어쨌든 그는 늙은 마술사에게 다가가서 이렇게 말했어. "제발, 아르타세르세스 씨!"

"응?" 마법사가 아주 친절하게 대답했어. (그는 팸으로 불리지 않는 것만으로도 매우 기뻤고, 몇 주일간 '씨'라는 말을 듣지 못했단다.) "그래? 무슨 일이니, 어린 강아지야?"

"용서를 빕니다. 정말이에요. 제 말은, 몹시 죄송하다는 뜻이에요. 마법사님의 평판을 해칠 의도는 전혀 없었어요." 로버랜덤은 바다뱀과 상어의 꼬리를 생각하고 있었지만, (다행히도) 아르타세르세스는 바지를 물어뜯은 일을 얘기하는 줄 알았어.

"그래, 그래!" 그가 말했어. "지나간 일은 다시 꺼내지 말자. 말을 하지 않을수록 더 빨리 수선되니까. 아니, 덧대지니까. 우리 둘 다 같이 집으로 돌아가는 게 좋겠구나."

"하지만 제발, 아르타세르세스 씨." 로버랜덤이 말했어. "귀찮으시겠지만 저를 다시 원래 크기로 되돌려 주실 수 있을까요?"

"물론이지!" 마법사는 자신이 무엇이든 할 수 있다고 아직도 믿는 누군가가 있다는 사실에 기뻐하며 말했어. "물론이야!

하지만 네가 여기 바닷속에 있는 동안은 지금 상태로 있는 것이 제일 낫고 안전해. 먼저 여기서 벗어나도록 하자! 그리고 나는 지금 실제로, 정말로 바쁘단다."

그는 실제로, 정말로 바빴어. 작업실에 들어가서 자신의 마술에 필요한 모든 용품을 모았지. 휘장과 상징물, 비망록, 비결서, 타로 카드, 마술 장비, 그리고 잡다한 주문이 들어 있는 병들과 가방들을 모았어. 그러고는 방수가 되는 용광로에서 탈 수 있는 것은 전부 태우고, 나머지는 뒤뜰에 버렸지. 그곳에서 나중에 기상천외한 일이 벌어졌단다. 꽃들은 모두 미쳐 버렸고, 채소들은 괴물처럼 무시무시하게 자랐고, 그것들을 먹은 물고기들은 바다벌레, 바다표범, 해우, 바다사자, 바다호랑이, 바다아귀, 알락돌고래, 듀공, 문어와 낙지, 바다소, 재앙거리로 변해 버렸지. 아니면 그냥 독에 중독되었어. 그리고 허깨비와 환영, 미혹, 환상, 환각 등이 너무 우후죽순처럼 솟아나서 궁전에 사는 이들은 마음

166

이 편치 못해 어쩔 수 없이 이사를 해야 했단다. 사실 그들은 마법사를 잃은 다음에야 그를 존중하며 기억하게 되었지. 하지만 그것은 아주 오래 지난 뒤였어. 그 순간 그들은 그에게 떠나라고 아우성치고 있었지.

모든 준비가 끝나자 아르타세르세스는 인어 왕에게 다소 차갑게 작별 인사를 했단다. 인어 아이들도 그리 개의치 않는 것 같았어. 그가 자주 바빠서 (앞서 너희들에게 말했듯이) 거품을 만들어 준 일이 극히 드물었거든. 그의 수많은 처제들 중에서 일부는 예의 바르게 대하려고 노력했어. 특히 아르타세르세스 부인이 그 자리에 있으면 말이지. 그러나 실은 모두들 그가 대문 밖으로 나가는 것을 보고 싶어 안달이었단다. 바다뱀에게 굴종하는 서한을 보낼 수 있도록 말이야.

"그 유감스러운 마법사는 떠났고 다시는 돌아오지 않을 겁니다, 높으신 분이여. 제발, 다시 주무십시오!"

물론 아르타세르세스 부인도 함께 떠났어. 인어 왕은 딸이 너무 많았기 때문에 하나쯤 잃더라도 그리 슬퍼하지 않을 수 있었지. 특히 위에서 열 번째 딸이었으니 말이야. 그는 딸에게 보석이 든 자루를 주고 문간에서 젖은 키스를 해 주고는 자기 왕좌로 돌아갔단다. 하지만 아주 섭섭해한 이들도 있었는데, 특히 아르타세르세스 부인의 수많은 인어 조카딸들과 인어 조카들이 그랬지. 그들은 또한 로버랜덤과 헤어지는 것도 몹시 서운해했어.

그중에서도 가장 섭섭하고 가장 풀이 죽은 것은 인어 개였지. "네가 바닷가에 올 때마다 내게 한 줄 적어 보내. 그럼 내가 툭 튀어 올라가서 너를 만날게."

"잊지 않을게!" 로버랜덤이 말했어. 그러고 나서 그들은 떠났단다.

가장 나이 많은 고래가 기다리고 있었어. 로버랜덤은 아르타세르세스 부인의 무릎에 앉았고, 모두들 고래의 등에 자리를 잡고 나자 그들은 출발했지.

이제 모두들 한마디씩 했어. "잘 가요!"라고 아주 크게 말했고, "귀찮은 것이 사라져 속 시원하다!"라고 작게 말했지만 그다지 작지는 않았어. 아르타세르세스의 태평양과 대서양 담당 마법사 임무는 그걸로 끝났단다. 그 이후에 누가 인어들을 위해 마법을 부렸는지 나는 알지 못한단다. 아마 프사마소스 영감과 달나라 사람 둘이서 잘 해냈을 것 같구나. 그들은 완벽하게 해낼 수 있으니까.

168

5

그 고래는 고요한 바닷가에 상륙했는데, 프사마소스의 작은 만에서 아주 멀리 떨어진 곳이었어. 아르타세르세스가 그렇게 해 달라고 아주 각별하게 요구했거든. 아르타세르세스 부인과 고래를 그곳에 남겨 둔 채 마법사는 (로버랜덤을 주머니에 넣고) 3킬로미터 정도를 걸어서 근처의 해변 마을에 갔단다. 거기서 그 놀라운 벨벳 옷(이 옷은 그 마을에서 대단한 인기를 끌었단다)을 주고 낡은 옷과 녹색 모자, 약간의 담배를 구입했지. 그리고 아르타세르세스 부인을 위해 바퀴 달린 의자도 구입했단다(그녀의 꼬리를 잊어서는 안 되지).

"제발, 아르타세르세스 씨." 오후에 그들이 해변에 돌아

와 앉아 있을 때, 로버랜덤은 다시 한번 말을 꺼냈어. 마법
사는 고래에 기대앉아서 파이프 담배를 피우고 있었는데
오랫동안 보지 못한 행복한 모습이었고, 전혀 바쁘지 않았
단다. "귀찮지 않으시면, 제 원래 모습으로 바꿔 주실 수 없
나요? 그리고 제 원래 크기로도 좀 부탁드려요!"

"그래, 좋아!" 아르타세르세스가 말했어. "바빠지기 전에
낮잠이라도 잘까 생각했는데, 상관없지. 그 일을 먼저 끝내
자! 그런데 어디 있더라—." 그러다가 그는 말을 멈췄어. 자
기가 모든 주문을 깊고 푸른 바다 밑바닥에서 태우고 버렸
다는 것이 갑자기 생각난 거야.

그는 정말로 무섭도록 당황했어. 벌떡 일어서더니 바지
주머니와 조끼 주머니, 외투 주머니를 안팎으로 샅샅이 뒤
졌는데, 그 어디에서도 주문의 흔적을 찾을 수 없었지. (없
을 수밖에 없지, 이 바보 같은 영감. 그는 너무 당황한 나머지 전
당포에서 양복을 산 지 한두 시간밖에 안 지났다는 사실도 까맣게
잊은 거야. 사실 그 옷의 원래 주인은 연로한 집사였어. 아니면 어
쨌든 그 집사가 팔았는데 그 전에 먼저 호주머니들을 철저히 뒤져
보았지.)

마법사는 털썩 주저앉아서 보라색 손수건으로 이마를 닦

앗는데, 또다시 너무나 비참해 보였단다. "정말로 너무, 너무 미안하구나!" 그가 말했어. "너를 영원히 이렇게 내버려 둘 생각은 아니었단다. 그런데 지금은 그것을 되돌릴 방법을 알 수 없구나. 친절하고 훌륭한 마법사들의 바지를 물어뜯으면 안 된다는 교훈을 얻은 셈 치렴!"

"터무니없는 헛소리예요!" 아르타세르세스 부인이 말했어. "참으로 친절하고 훌륭한 마법사로군요! 당신이 당장 이 작은 개의 모습과 크기를 원래대로 돌려주지 않는다면, 친절함도, 훌륭함도, 마법사도 없는 거예요. 그리고 한발 더 나아가 나는 깊고 푸른 바다 밑바닥으로 돌아가서 다시는 당신에게 돌아오지 않겠어요."

가엾은 아르타세르세스 영감은 바다뱀이 문제를 일으키고 있을 때만큼이나 근심스러워 보였어. "내 사랑!" 그가 말했어. "정말 미안하오. 하지만 저 개에게 내가 쓸 수 있는 가장 강력한 주문 제거 방지 보호책을 걸었소. 프사마소스가 간섭하기 시작한 후에 (쓸데없는 참견을 하지 말지!) 그가 모든 일을 좌지우지할 수 없다는 것을 보여 주려고 그랬지. 그리고 모래토끼 마법사들이 내가 혼자 누리는 재미에 간섭하는 것을 그냥 내버려 두지 않겠다는 것을 보여 주려고.

그런데 저 밑바닥에서 물건들을 치울 때 해독제를 남겨 뒀어야 했는데 완전히 잊었소! 내 작업실 문에 걸려 있던 작은 검은색 가방에 넣어 보관했는데.

아이고, 이걸 어쩌나! 그저 장난삼아 한 일이라는 데 너도 동의하겠지." 그는 로버랜덤에게 몸을 돌리며 말했고, 그의 늙은 얼굴은 당혹감으로 붉어진 코를 벌름거렸어.

그는 계속해서 "아이고 이런, 이런, 어쩌나!"라고 말하면서 머리와 수염을 흔들어 댔단다. 로버랜덤이 전혀 쳐다보지 않는다는 것을 그는 알아차리지 못했고, 고래는 눈을 끔뻑거리고 있었어. 아르타세르세스 부인이 일어나서 짐 꾸러미를 살펴보러 갔다가 이제 웃으면서 돌아와서는 손에 든 낡고 검은 가방을 내밀었어.

"이제 수염은 그만 흔들고, 어서 일을 시작하세요!" 그녀가 말했어. 아르타세르세스는 그 가방을 보자 한순간 너무 놀라서 그저 늙은 입을 크게 벌린 채 그것을 바라보기만 했지.

"서둘러요!" 그의 아내가 말했어. "이게 당신 가방이죠? 당신이 정원에 쌓아 둔 고약한 쓰레기 더미에서 이 가방과 **내** 잡동사니 몇 가지를 주웠어요." 그녀가 가방을 열고 안을 들여다보자 마법사의 마술 만년필 지팡이가 밖으로 튀어나왔어. 그리고 수상쩍은 연기 구름이 새어 나와 꼬이더니 기이한 형체와 묘한 얼굴 들을 만들었지.

그러자 아르타세르세스가 정신을 차렸어. "자, 이리 줘요! 당신이 그걸 낭비하고 있어요!" 그는 소리쳤어. 그러고는 로버랜덤의 목덜미를 움켜잡고는 발길질하며 요란하게 짖어 대는 그를 가방에 쑥 집어넣었단다. 순식간에 일어난 일이었지. 그러고 나서 그는 가방을 세 번 빙빙 돌렸고, 다른 손으로 펜을 흔들었어. 그리고—.

"고맙소! 이걸로 잘될 거요!" 그가 이렇게 말하며 가방을 열었단다.

뺑 하고 큰 소리가 났어. 그런데 어찌 된 영문일까! 가방이 사라져 버렸단다. 로버밖에 없었어. 잔디밭에서 마법사를 처음 만나기 전의 바로 그날 아침 모습 그대로의 로버였지. 그런데 정확히 똑같지는 않았을 거야. 그가 좀 더 컸거든. 이제 몇 달 더 나이를 먹었으니 말이지.

그가 얼마나 신이 났는지 묘사하려 해 봐야 소용없겠지. 모든 것이, 심지어 가장 나이가 많은 고래조차도 얼마나 이상하고 작게 보이는지, 그리고 로버가 얼마나 강하고 맹렬한 기분이었는지를 설명하려 해 봐야 소용없을 거야. 딱 한 순간 로버는 마법사의 바지를 갈망하듯 쳐다보았단다. 그러나 똑같은 이야기가 처음부터 다시 시작되는 것은 원치 않았어. 그래서 즐거운 기분으로 빙빙 돌면서 2킬로미터가량을 달리고 머리가 떨어져 나갈 정도로 짖어 댄 후에 돌아와서는 말했지. "감사합니다!" 그러고는 "마법사님을 알게 되어 정말 기쁩니다"라고 덧붙였는데, 정말 아주 예의 바른 말이었어.

"괜찮아!" 아르타세르세스가 말했어. "이게 내 마지막 마술이 될 거란다. 나는 은퇴할 생각이거든. 그리고 **넌** 집에 돌아가는 게 좋겠구나. 너를 집에 보내 줄 마법이 남아 있지 않으니 걸어가야겠다. 튼튼하고 어린 강아지니 그렇다고 해를 입지는 않을 거야."

이렇게 되어 로버는 작별 인사를 했단다. 고래는 윙크를 했고, 아르타세르세스 부인은 그에게 케이크 한 조각을 주었어. 그것이 오래도록, 그가 본 그들의 마지막 모습이었지. 그리고 더 오래, 아주 오래 지난 후 로버는 한 번도 가 본 적이 없는 바닷가의 어떤 마을을 방문했다가 그들이 어떻

게 되었는지를 알게 되었단다. 그들이 그곳에 살고 있었거
든. 물론 고래는 말고 은퇴한 마법사와 그의 아내 말이야.

그들은 그 바닷가 마을에 정착했어. 아르타세르세스는
A. 팸 씨라는 이름을 쓰면서 바닷가 근처에 담배와 초콜릿
가게를 차렸단다. 하지만 그는 절대로 물에 닿지 않으려고
아주, 아주 조심했지(민물이라도 말이야, 그에게 그건 어려운
일이 아니었어). 마법사에게는 아주 하찮은 일이었지만 최소
한 손님들이 해변에 어지른 불쾌하고 지저분한 쓰레기를
치우려고 애썼단다. 그리고 진한 분홍색의 끈적끈적한 '팸
의 돌'로 많은 돈을 벌었어. 그 안에 어쩌면 마법이 아주 조
금 들어 있었을지 몰라. 아이들이 그것을 너무나 좋아해서
모래에 떨어져도 다시 주워 먹을 정도였거든.

그런데 아르타세르세스 부인, 아니 A. 팸 부인은 훨씬 더
많은 돈을 벌었다고 말해야겠구나. 그녀는 수영 천막과 운
반차를 운영했고, 수영 강습도 했으며, 흰 조랑말이 끄는
바퀴 달린 의자를 타고 집으로 왔단다. 오후가 되면 인어
왕의 보석을 몸에 걸었고, 아주 유명해져서 누구도 그녀의
꼬리에 대해 입도 뻥긋하지 않았지.

어쨌든 아까 이야기로 돌아가면, 그사이에 로버는 시골의 오솔길과 공공 도로를 터벅터벅 걸어가고 있었어. 자기 코를 계속 따라갔지. 개들의 코가 그렇듯이 결국 그의 코도 그를 집으로 이끌어 주어야 하니까.

'그런데 달나라 사람의 꿈이 전부 현실이 되는 건 아니야. 그분이 직접 말했듯이.' 로버는 소리 나지 않게 걸어가며 생각했어. '이건 분명 실현되지 않을 꿈이었어. 나는 그 어린 소년들이 사는 곳의 이름도 모르잖아. 그게 유감이야.'

마른 땅은 개에게 종종 달이나 바다 못지않게 위험하다는 것을 로버는 알게 되었단다. 훨씬 지루한 곳이었지만. 자동차들이 연이어 요란한 소리를 내며 지나갔고, (로버의 생각에는) 똑같은 사람들이 타고 있었고, 최대한 속도를 내면서 (그리고 최대한의 먼지와 냄새를 일으키면서) 어디론가 가고 있었어.

'저 사람들 중 절반은 자기들이 어디로 가는지, 왜 그곳에 가는지를 알지 못할 거고, 또는 도착하고 나서도 알지 못할 거야.' 로버는 기침을 하고 숨이 막혀 캑캑거리면서 투덜거렸지. 그의 발은 딱딱하고 음울하고 시커먼 도로를 따라가느라 피곤해졌단다. 그래서 그는 들판에 들어섰고,

새나 토끼처럼 아무 목적도 없이 돌아다니며 가벼운 모험
도 많이 했단다. 다른 개들과 즐거운 싸움을 벌인 것도 한
번 이상이었고, 더 큰 개들로부터 급하게 달아난 적도 몇
번이나 있었지.

그래서 마침내, 이 이야기가 시작된 지 몇 주인지 몇 달
인지 지나서 (어느 쪽인지 로버는 알 수 없었을 거야) 로버는
자신이 놀던 정원의 대문에 들어섰단다. 그 어린 소년이 잔
디밭에서 노란 공을 갖고 놀고 있었어! 전혀 기대하지 않았
지만, 그 꿈이 이루어진 거였어!!

"로버랜덤이 왔어!!!" 어린 소년 투가 큰 소리로 외쳤단다.

그러자 로버는 똑바로 앉아서 애원했는데, 목소리가 나
오지 않아 아무 소리도 짖어 댈 수 없었어. 어린 소년은 그
의 머리에 입을 맞추고는 집으로 뛰어가며 소리쳤단다. "여
기 애원하는 내 작은 강아지가 더 큰 진짜 개가 되어 돌아
왔어요!"

소년은 할머니에게 로버에 대해 모든 것을 이야기했단
다. 로버가 그 어린 소년들의 할머니가 바로 자신의 주인이
었다는 것을 어떻게 알 수 있었겠어? 그 할머니의 개가 된

177

지 한두 달밖에 되지 않았을 때 마법에 걸렸던 거야. 그런데 프사마소스와 아르타세르세스는 그 사실을 얼마나 알고 있었을지 궁금하구나.

할머니는 (자기 개가 자동차에 깔려 으스러지거나 화물차에 납작해지지 않고 아주 건강해 보이는 모습으로 돌아와서 실로 몹시 놀랐지) 이 어린 소년이 도대체 무슨 말을 하는지 이해하지 못했어. 아이는 로버에 대해 알고 있는 모든 사실을 할머니에게 아주 정확하게 이야기했고, 몇 번이고 되풀이했지만 말이야. 할머니는 한참 어리둥절한 다음에야 (할머니는 물론 아주 살짝 귀먹었지) 그 강아지를 로버가 아니라 로버랜덤이라 불러야 하고 달나라 사람이 그렇게 말했기 때문이라는 것을 이해했단다. ('이 아이는 참으로 별난 생각을 하는구나.') 그리고 그 강아지는 결국 할머니의 것이 아니라 어린 소년 투의 것이었는데 왜냐하면 엄마가 그를 새우와 함께 집으로 데려왔기 때문이라는 거였지. ('그렇게 하고 싶으면 그러렴, 얘야, 나는 정원사의 동생의 아들에게서 내가 그 개를 산 줄 알았지만 말이야.')

물론 두 사람 사이에서 왈가왈부한 주장을 내가 전부 다 말한 건 아니야. 양쪽 다 옳을 때 종종 그렇듯이 이 논쟁은 길고 복잡하게 이어졌거든. 너희들이 알고 싶은 부분만 말하자면, 그는 그 후에 로버랜덤으로 **불렸고,** 그 어린 소년의 강아지가 **되었으며,** 소년들이 할머니 댁 방문을 마친 후 그가 예전에 서랍장에 앉아 있었던 그 집으로 돌아갔단다. 물론 이제 다시는 **그렇게** 앉아 있지 않았지. 그는 때로 시골에서 지냈고, 때로는 대부분 바닷가 절벽에 있는 하얀 집에서 살았어.

그는 프사마소스 영감을 아주 잘 알게 되었어. '프'를 생략해도 될 정도로 잘 알게 된 것은 아니지만, 그가 크고 품위 있는 개로 자랐을 때, 모래 속에서 잠든 마법사를 파내어 아주 많은 이야기를 나눌 정도로 잘 알게 되었지. 사실 로버랜덤은 자라면서 아주 현명해졌고 지역에서 어마어마한 명성을 얻었으며, 온갖 종류의 모험을 (그중 많은 모험은 소년과 함께) 했단다.

그런데 내가 너희들에게 들려준 모험이 아마 가장 특별하고 흥미진진한 모험일 거야. 그 이야기를 한마디도 믿지 않는다고 말하는 것은 팅커뿐이야. 샘이 많은 고양이거든!

끝

주석

13   **신문 보도** 1925년 9월 7일 자 《타임스》는 "휘틀리 만에서 놀이기구 가판과 보트 선박장이 모두 부서졌고 해변에는 나무와 철제가 흩어져 있다. [⋯] 혼시 지역에서 파도의 높이는 12미터까지 치솟았고, 새 산책로에 세워진 정자의 의자들을 떼어 냈으며, 넓은 지역에 걸쳐 들판이 침수되었다. 스카버러 지역의 남부 해안 수영장에서는 커다란 갓돌들이 떨어져 나갔다" 등등을 보도했다. 일기 예보는 이따금 소나기가 내릴 거라고 보도했었다.

14   **그가 이 이야기를 위해 그린 삽화 다섯 장** 삽화 원본은 옥스퍼드대학교 보들리언 도서관에 보관된 MS Tolkien Drawings 88, fol. 25 (《달나라 풍경》); 89, fol. 1 (무제, '로버가 달에 도착하다'); 89, fol. 2 (《'로버'가 '장난감'으로 모험을 시작한 집》); 89,

fol. 3 (《백룡이 로버랜덤과 달나라 강아지를 추격하다》); 89, fol. 4
《인어 왕 궁전의 정원》)이다.

16   **'산타클로스' 편지** 이 편지들 대부분은 1976년에 베일리 톨
킨이 편집한『북극에서 온 편지』로 출간되었다.

17   **금어초snapdragon** 여기서는 "브랜디나 다른 증류주에 불을 붙
인 사발이나 접시에서 건포도를 낚아채어 불이 붙은 채 먹는
(보통 크리스마스에 하는) 게임이나 놀이"(『옥스퍼드 영어 사전』)
이다.

21   **앨런 앤드 언원에 보낸 것은 이 원고임이 […] 1937년 1월 7일
자로 적힌 보고서에서** 레이너 언원의 보고서에는 '프사마소
스'라는 이름과 가격 '6d'(6펜스)가 언급되어 있는데, 이 특징
적인 요소는 두 번째 (단편적인) 원고와 세 번째 (완성된) 타자
원고가 나올 때까지「로버랜덤」의 본문에 포함되지 않았다.

22   **그의 다른 이야기로는** 나아가 험프리 카펜터의『J.R.R. 톨킨
전기』(1977), 161쪽 이하 참조.

41   **넝마장수** 생계를 위해 떠돌아다니며 뼈와 병 또는 다른 물건

을 수집하여 종이 공장과 뼈 제분소에 파는 사람(폐품 장수와 비교하라).

42   **초록 모자의 뒤에 꽂힌 파란 깃털** 톨킨의 초기 이야기의 주인 공이자 『반지의 제왕』(1954~1955)에 등장하는 톰 봄바딜도 푸른 깃털이 달린 모자를 쓴다.

44   **한밤중이 지나야 걷거나 꼬리를 흔들 수 있었어.** 장난감들이 밤에 또는 아무도 보지 않을 때 살아 움직인다는 판타지는 한 스 크리스티안 안데르센의 「외다리 병정」(1838)과 E.H. 내치 불휴게슨의 「밀랍 인형」(1869) 등 많은 이야기에 등장한다.

45   **6펜스로 표시해 놔요.** 첫 번째 타자 원고에서 로버는 '4펜스' 로 표시되어 있었다. 두 번째 타자 원고에서 이것이 '6펜스'로 바뀌었다. 아마도 이 두 원고 사이에 여러 해가 지났으며 그동 안의 물가 상승을 반영한 것으로 보인다.
    차 마시는 시간. 오후 4시경, 차와 빵, 케이크 등을 먹는 가벼 운 오후 식사 시간. 61쪽의 '차를 마실 시간tea-timish' 참조.

47   **엄마에게는 세 아들이 있었는데** 물론 엄마는 (J.R.R.) 톨킨의 부인 이디스이고, 그녀의 세 아들은 존, 마이클, 크리스토퍼였

다. "강아지를 몹시 좋아했"던 아들은 마이클이다.

종이로 둘둘 말린 손님을 위해 종이로 포장하며 양쪽 끝을 둘둘 말아 묶는다.

48 **자기가 구사할 수 있는 최고의 개 언어로** 톨킨이 좋아했던 루이스 캐럴의 『실비와 브루노』(1889~1893)에서 동명의 요정들은 '개 언어doggee'를 유창하게 구사한다.

49 **로버는 침대 옆 의자에 올려졌는데** 현재 남아 있는 이 부분의 첫 번째 원고(첫 번째 타자 원고)에서 로버는 의자가 아니라 '서랍장' 위에 놓여 있다. 톨킨은 서랍장이 너무 높아서 로버가 집을 탐험하기 위해 침대 위라고 해도 뛰어내리거나 아침이 되기 전에 올라가기도 어려우리라고 생각했을 것이다. 어쨌든 로버는 장난감 개였고, (비록 그가 더 크게 보일 때도 있지만) 매우 작았다. 51쪽에서 "[소년은] 서랍장 위에 올려 두었던 로버를 보았거든"이라는 문장은 예전의 초고에서 살아남은 부분이고, 톨킨은 여기에 "옷을 갈아입는 동안 서랍장 위에 올려 두었던"이라고 약간 어색한 설명을 덧붙였다. 톨킨은 179쪽에서 "그가 예전에 서랍장에 앉아 있었던 그 집"이라는 언급을 남겨 두었다.

달이 바다에서 떠올라 물 위로 은빛 길을 만들었지. 그 길을

걸을 수 있는 사람들은 세계의 가장자리에 있는 곳들과 그 너머로 갈 수 있는 길이었어. 이 기발한 발상은 톨킨 자신이 떠올린 것일 수도 있지만, 미국 작가이자 화가인 하워드 파일의 작품 『달 뒤편의 정원』(1895)에 나오는 "어두운 지구에서 […] 달을 향해 뻗어 나간 빛나는 달의 길"과 눈에 띄게 유사하다. 이 책의 주인공은 해안에서 빛의 길을 따라 걸어가 달나라 사람을 방문한다. 「로버랜덤」에서 로버는 스스로 달빛 길을 걷는 것이 아니라, 달빛 길 위로 운반된다. 또한 9~11쪽을 보라.

51 **어린 소년 투** 톨킨의 둘째 아들 마이클.

54 **프사마시스트** 제일 처음에 쓴 (수기) 원고에서 모래주술사는 프사메아드Psammead라고 불렸는데, 이 이름은 E. 네스빗의 『다섯 아이들과 그것』(1902)과 『아뮬렛의 이야기』(1906)에 나오는 '모래요정'의 이름을 직접 차용한 것이다. 톨킨의 프사마시스트와 마찬가지로 네스빗의 프사메아드는 무뚝뚝하지만 변덕스러운 성격의 소유자이고 따뜻한 모래 속에서 잠자는 것을 무엇보다도 좋아한다. 첫 번째 타자 원고에서 톨킨은 때로 프사메아드의 철자를 사미야드samyad로 적기도 했고, 아주 잠시 프사마소스를 (고블린goblin의 철자 순서를 뒤집어서) 닐

보그nilbog라고 부르기도 했다. 두 번째 타자 원고에서 프사마소스는 이름으로 불리거나 '프사마시스트'라고 불렸다.

프사마소스 프사마시데스 프사마소스Psamathos, 프사마시데스Psamathides, 프사마-시스트Psama-thist는 각각 '모래'를 뜻하는 그리스어 어근 psammos를 포함하고 있다. 프사마소스는 이 인물의 습성에 적합하게 '바다 모래'를 뜻하는 그리스어에서 유래한다. 프사마시데스는 아버지의 이름을 나타내는 부분 ides '~의 아들'이 들어 있고, 프사마시스트는 (가령 언어학자 philologist에서와 같이) '어느 지식 분야에 헌신하는 사람'을 가리키는 접미사 -ist가 포함되어 있다. 그러므로 프사마소스 프사마시데스는 대략적으로 '모래투성이, 모래투성이의 아들'을 뜻하고, 프사마시스트는 '모래 전문가'를 의미한다.

그의 기다란 귀의 한쪽 끝만 삐죽 드러났지. 프사마시스트의 '기다란 귀'는 최종 타자 원고에서 수정될 때까지 모든 원고에서 '뿔'로 표기되어 있었다. 네스빗의 프사메아드는 '달팽이의 눈처럼 긴 뿔 위에' 눈이 달려 있다.

58   **"나는 프사마소스 프사마시데스, 모든 프사마시스트의 족장이란 말이다!"** 그는 아주 자랑스럽게 몇 번이나 이렇게 말하면서 한 글자 한 글자 발음했는데 '프'를 발음할 때마다 그의 코밑에서 모래가 구름처럼 일었어. 54쪽에 나오는 "[그는] 자

186

기 이름을 정확하게 발음해야 한다고 유별나게 법석을 떨었단다" 참조. 톨킨은 프사마소스, 프사마-시데스, 프사마시스트를 '정확히' 발음하면 Ps의 P가 묵음이라는 점을 농담거리로 삼고 있다. 옥스퍼드 영어 사전에 의하면 영어의 Ps 단어에서 P를 발음하지 않는 것은 "종종 모호함에 이르거나 단어의 구성을 감추는 비학문적인 관행"이고, 따라서 그리스어 외래어에서 psalm과 psalter 그룹에 속한 단어를 제외한 모든 단어의 허용 가능한 발음 중에서 p를 살리는 쪽을 권장한다.

59 **아르타세르세스** 이 마법사의 고국(다음 주석 참조)을 고려할 때 적합한 이름이다. 기원전 5세기와 4세기 페르시아의 왕들과 기원전 3세기 사산 왕조의 창시자 등 왕 세 명의 이름이었다.

그는 페르시아에서 왔지. […] 퍼쇼어에 가면서 그곳으로 그를 안내했지. […] 날렵하게 자두를 따고 퍼쇼어는 우스터셔의 이브셤 근처에 있는 작은 마을이다. 물론 톨킨은 철자가 비슷한 페르시아Persia와 퍼쇼어Pershore를 가지고 말장난을 하고 있다. 하지만 이브셤 계곡이 자두(노란 퍼쇼어 품종을 포함해서)로 유명하고, 톨킨의 남동생 힐러리가 이브셤 근방에 과수원과 채소 농원을 소유하고 있었으며 오랫동안 자두나무를 재배했다는 것도 중요한 점이다. '날렵하게 자두를 딴다'라는

표현은 아르타세르세스가 최고이거나 최상급의 자두를 찾아
내 따는 솜씨가 있다는 것을 가리킨다.

사과주cider 잉글랜드에서는 발효된 사과즙으로 만든 알코올
음료를 가리킨다. 최고 품질의 사과주는 이브셤 계곡이 위치
한 영국 서쪽 지방에서 산출된다고 말하는 사람들이 있다.

61   **애호박marrows** 페포 호박vegetable marrows이 아메리카 대륙
에서는 종종 고드gourds나 섬머스쿼시summer squash라고 불
린다.

63   **뮤Mew** 갈매기gull를 뜻하는 다른 단어.

64   **깎아지른 바위들이 늘어선 아주 높고 시커먼 절벽** 파일리 근
처에 있는 스피턴과 벰프턴은 높은 절벽(120미터에 달하는 수
직으로 내리꽂힌)으로 유명하고 무수히 많은 바다 새들의 서식
지이다. 그러나 이 절벽들은 흑암이 아니라 백암 절벽이다. 북
부 영국의 해안을 따라서 이와 비슷한 절벽과 새 군락이 있는
무인도가 많이 있다.

68   **개들의 섬** 진짜 개들의 섬은 런던 남동쪽에 템스강으로 가늘
고 길게 돌출된 갑을 가리킨다. 톨킨이 장난삼아 사용한 이 명

칭은 아마도 헨리 8세나 엘리자베스 1세가 강 건너편 그리니치에 거주할 때 그곳에서 사냥개들을 사육한 사실에서 유래했을 것이다.

69   **적어도 한 마리는 있어. 달나라 사람이 개를 기르거든.** 이것은 몇 가지 문학적 전통과 일치한다. 셰익스피어의 『한여름 밤의 꿈』 5막 1장 "이 남자는 등불과 개 한 마리, 그리고 가시덤불을 가지고/달빛을 선사하네" 참조.

72   **로버는 하얀 탑을 볼 수 있었어. […] 은빛 수염이 길게 늘어진 노인이 고개를 불쑥 내밀었어.** 톨킨은 『잃어버린 이야기들의 책』에 실린 「해와 달의 이야기」에서 하늘을 항해하는 달의 배에 대해 썼는데, "백발의 늙은 요정"이 그 배에 몰래 올라타서 "이후 그곳에서 계속 살고 있고 […] 달 위에 작고 하얀 탑을 세웠고, 종종 그 탑에 올라가서 하늘이나 저 아래 세계를 바라보는데, […] 어떤 이들은 실로 그를 달나라 사람이라고 불렀다. […]"(『제1부』[1983], 192~193쪽). 톨킨의 시 「달나라 사람은 왜 너무 일찍 내려왔는가」(1923년 발표)에서 이 사람은 "은이 박힌 세계의/달나라 산에서 아찔하고 하얗게 빛나는/흐릿한 뾰족탑"에서 살고 있다. 『잃어버린 이야기들의 책 제1부』 204~206쪽을 보라. 이 달나라 사람이 "가느다란 털

spidery hair"(『로버랜덤』 77쪽에서 달나라 거미들이 짠 "은실과 밧줄" 참조)을 타고 지구 쪽으로 미끄러지듯 내려오는 장면의 삽화는 웨인 G. 해먼드 & 크리스티나 스컬의 『J.R.R. 톨킨: 예술가와 삽화가』(1995) 49쪽에 실려 있다.

76 **내 이름을 따라 로버라고 불린다고?** 톨킨은 이 구절의 두 가지 의미를 두고 말장난을 한다. 달나라 개의 말 "그래, 너는 내 이름을 따라 로버라고 불린다고?"를 로버랜덤은 '그래, 너는 나를 기리기 위해 로버라고 불리는구나'라는 뜻으로 받아들인다. 그러나 "너도 내 이름을 따라 로버라고 불린 게 틀림없어!"라는 대답에서 달나라 개는 '시간 순으로 나중에'를 뜻한다.

77 **달이 바로 세계 밑을 지나고 있었어.** 이 점에 대해서는 30쪽과 『잃어버린 이야기들의 책 제1부』 216쪽("달은 바깥 어둠의 극도의 외로움에 감히 맞서지 못한다. [⋯] 그래도 달은 여전히 세계 밑을 여행한다.")을 보라.

78 **달빛을 괴롭히지 말고, 내 흰토끼들을 죽이지 말거라! 배가 고프면 집에 돌아와라.** 충고와 결합된 금지 규정은 전통적인 요정이야기의 한 가지 특징이다. 달나라 사람의 경고는

다양한 형태로 반복되며, 뒤에서 "점감펭이를 괴롭히지 말고"(137~138쪽) 등 아르타세르세스 부인의 말로 반복된다.

80   **오랜 시간이 지나고 나서야 알아냈지.** 사실 우리는 프사마소스가 왜 로버를 달에 보냈는지 결코 알지 못한다. 처음 나온 원고에는 이렇게 되어 있다. "그는 결코 그것을 알아내지 못했단다. 왜냐하면 마법사들이 종종 마음에 품은 심오한 이유는 몇 세대가 지나도록 개들은 고사하고 고양이들조차 알 수 없기 때문이야. 그리고 그가 실로 알아내는 데 오랜 시간이 걸렸단다."

81   **검파리, 강철 올가미 턱을 가진 유리딱정벌레,** 루이스 캐럴의 『거울나라의 앨리스』(1872)에 나오는 흔들목마-파리Rocking-horse-fly, 금어초-파리Snap-dragon-fly, 버터바른빵-파리Bread-and-butter-fly를 연상시키는 부분이다. 또한 82쪽에 나오는 펄나비flutterbies(butterflies의 철자 순서를 바꾸어 쓴 단어이지만 flittermice, 즉 박쥐와 유사하다)와 101쪽에 나오는 다이아몬드 딱정벌레 및 루비나방 참조.
57종 하인츠 사의 유명한 포장 식품 57종에 대한 암시.

82   **희미하고 가냘픈 음악** 음악은 「로버랜덤」의 분위기에 지대

한 공헌을 한다. 음악을 만들어 내는 것은 달의 하얀 면에 있
는 식물군, 어두운 면에 있는 정원의 나이팅게일과 아이들
(102쪽), 그리고 바다 밑바닥의 인어들(131쪽)이다. 이 문단
에 나오는 종bells, 피리whistles, 나팔trumpets, 뿔나팔horns, 현
fiddles, 갈대reeds(reed는 목관 악기의 부품이라는 뜻이기도 하다--
역자 주) 같은 (실제의 그리고 가공의) 꽃 이름은 음악이나 악기
를 연상시킨다. 올림장미Ringaroses는 동요 '링 어 링 어로즈
Ring-a-ring o'roses'를 연상시킨다. "라임로열rhymeroyals과 페니
피리pennywhistles"는 덩굴 박하 식물인 멘타 플레기움Mentha
pulegium, 즉 페니로얄pennyroyal을 연상시킬 뿐 아니라 제왕
운시rhyme royal, 즉 시의 약강 5보격 7행연을 떠올린다. 폴리
포니즈polyphonies는 다성 음악, 즉 대위법 음악을 뜻하는 용어
와 폴리포디즈polypodies(미역고사리속의 양치류)를 연상시키는
언어유희이다. 금관 혀Brasstongue는 골고사리hart's-tongue뿐
아니라 코린토 신자들에게 보낸 첫째 서간 13장 1절을 연상시
킨다. '내가 인간의 여러 언어tongue와 천사의 언어로 말한다
하여도 나에게 사랑이 없으면 나는 요란한 징brass이나 소란한
꽹과리에 지나지 않습니다.' 쩌저적고사리Cracken는 고사리
bracken를 (갈라지는 소리를 암시하며) 변형시킨 단어이다.

그 우듬지는 절대 떨어지지 않은 연푸른 잎들로 덮여 있었어.
[…] 연중 후반기가 되면 나무들은 다 같이 연한 금색 꽃망울

192

을 터뜨렸단다. 아마 『반지의 제왕』(제2권 6장)에 나오는 로슬로리엔의 말로른 나무의 암시일 것이다. "가을이 돼도 잎이 떨어지지 않고 금빛으로 변하거든요."

84 **거대한 하얀 코끼리** 폴 닐 경에 대한 언급일 것이다. 17세기의 천문학자였던 그는 달에서 코끼리를 발견했다고 주장했는데, 결국에는 생쥐 한 마리가 그의 망원경 속에 기어 들어갔고 그것을 코끼리로 착각했다는 사실을 알게 되었다.

87 **거기 굴뚝은 달나라 나무들만큼 높다랗지. 시커먼 연기에 붉은 난롯불!** 톨킨이 어렸을 때 살았던 버밍엄과 「로버랜덤」을 구상했을 때 그와 가족이 살았던 리즈는 지금은 훨씬 깨끗해졌지만 당시에는 지저분하고 연기가 자욱한 공업 도시였다.

88 **젠장rat and rabbit it!** "저급한 취향"(87쪽)을 가진 개에게 적합한 천박한 욕설. 제기랄Rat은 od rat(God rot) = drat("빌어먹을!")에서 유래한 표현이고 rabbit은 동일한 의미를 가진 rat의 변형된 형태이다.
    두 강아지는 제일 먼저 발견한 은신처에 들어갔고 조금도 경계하지 않았어. 『호빗』 4장에서 일행이 동굴을 철저히 살펴보지 않고 피신한 것을 참조하라. "물론 깊이 파인 동굴은 위험하다. 어떨 땐 얼마나 깊이 들어가는지, 그 뒤의 길은 어디로 이어지는지, 안에서 무엇이 기다리고 있는지 알 수 없으니까."

89   **그는 마법사 멀린의 시대에 카에르드라곤에서 적룡과 싸운 적이 있었지. […] 그 싸움 후에 그의 적수인 용은 정말로 '시뻘건' 용이 되었단다.** 전설에 따르면 브리튼의 왕 보르티게른은 적들을 방어하기 위해 스노든산 옆에 탑을 세우려고 했다. 그런데 그 탑이 낮에 쌓아 올리면 밤마다 무너졌다. 젊은 멀린은 보르티게른에게 탑의 토대에 있는 연못을 찾고 그 물을 빼라고 조언했다. 그 연못 바닥에 두 마리 용이 자고 있었는데 백룡과 적룡이었고 잠에서 깨자 싸우기 시작했다. 멀린은 적룡이 브리튼 사람들이고 백룡은 색슨족이며 백룡이 이길 거라고 말했다. 그렇게 되면 적룡은 "시뻘겋게", 즉 패배해서 피투성이가 될 것이다. 이 일이 일어난 곳은 웨일스의 귀네드에 있는 디나스 엠리스라고 여겨졌고, 여기서는 그곳이 카에르드라곤Caerdragon, 즉 "용의 성[또는 요새]"이라고 불린다. 수기 원고에는 카에르비르딘Caervyrddin, "미르딘[멀린]의 요새"(즉 디버드 주의 주도 카마던Carmarthen)라고 되어 있었으나 글이 진행되면서 ?카에르드레이키온Caerddreichion으로 바뀌었다. 그러나 이 단어에 줄이 그어졌고, 첫 번째 타자 원고에

서는 같은 의미의 카에르드라곤으로 수정되었다.

90   **세 개의 섬** 웨일스어 Teir Ynys Prydein을 옮긴 것인데 여기
서 ynys(직역하면 '섬')는 '영토'를 의미하므로, 브리튼의 세 왕
국, 즉 잉글랜드와 스코틀랜드, 웨일스를 가리킨다.

스노든산 웨일스의 가장 높은 산(1,085미터)으로 귀네드주의
스노도니아 국립 공원에 있다. 스노든산 꼭대기에 병을 두고
온 사람에 대한 톨킨의 언급은 그 산이 관광객들에게 인기가
있고 그들이 그 산에 쓰레기를 버리고 간다는 사실을 지적한
것이다. 첫 번째 원고에서 톨킨은 스노든의 관광객들이 "담
배를 피우고 진저비어를 마시며 병을 주위에 내버린다"라고
썼다.

**용이 그윈파로 날아가기 전이었지만 아서 왕이 사라진 후 얼
마간, 용의 꼬리는 색슨족 왕들에게 대단한 별미로 여겨졌지.**
웨일스어 gwynfa(또는 gwynva)는 문자 그대로는 '하얀 (또는
축복받은) 곳,' 시적 용어로는 '낙원' 또는 '천국'을 뜻한다. 우
리는 그윈파가 「로버랜덤」에서와 같은 용례로 사용된 경우
를 전설이나 민담에서 찾을 수 없었다. 하지만 여기서 그윈
파가 '아서 왕이 사라진' 것(첫 번째 원고에는 '아서 왕의 죽음'으
로 되어 있다), 즉 아서 왕이 다른 세계(아발론)로 옮겨 간 것과
결부되어 있다는 것은 그곳이 "세계의 가장자리에서 그리 멀

지 않은" 그런 종류의 장소라는 것을 암시한다. 어쩌면 웨일스 전통 속 천상 세계인 그윈비드Gwynvyd를 참고한 것일 수도 있다. 또는 단순히 '하얀 곳'은 백룡이 가는 곳이고 그 명칭은 문자 그대로 '눈 산'을 뜻하는 스노든에 대한 말장난일 수 있다.—용 꼬리가 별미라는 생각은 (대략 같은 시기에 집필된 원고에서) 『햄의 농부 가일스』에도 등장한다. "왕의 크리스마스 잔칫상에 용 꼬리를 요리해서 올리는 풍습은 여전히 지속되었습니다."(1949년 출간, 아르테 58쪽) 그러나 그 이야기는 색슨족 왕들이 군림하던 시대 이전에 일어난다. 톨킨은 용이 꼬리 때문에 쫓기지 않으려고 멀리 가 버렸다고 암시하는 듯하다. 그러나 "용의 꼬리는 […] 대단한 별미로 여겨졌지" 등의 표현은 첫 번째 타자 원고에서 "색슨족 왕들"에 대한 (삭제된) 논평을 도입하는 데 사용되기도 했다. "어떤 프랑스인들은 그 흉포한 종족[즉, 색슨족]이 존재했음을 믿지 않았단다." 크리스토퍼 톨킨이 우리에게 제시한 의견에 의하면, 이 구절은 프랑스 학자 에밀 르구아에 대한 비판일 것이다. 사실 르구아와 그의 동료 루이 카자미앙은 영국에서 1926년에 (프랑스에서는 더 일찍) 출간한 영문학사에서 앵글로색슨족은 ('흉포한 종족'이 아니라) 조용하고 차분된 사람들이며 그들의 문학에서 "게르만의 야만성에 대한 묘사를 찾으려는 것은 허황한 일이다"라고 주장했다.

달 전체를 붉게 물들이기도 했고 월식이 일어날 때 달은 때로 구릿빛의 붉은색을 띤다.

91 **산들이 뒤흔들리며 […] 폭포에서 떨어지던 물줄기가 멈추었단다.** 최종본 원고에는 이 문장 뒤에 다음 문장이 이어졌지만 삭제 표시가 되어 있다. "사람들이 잠든 교외를 지나가는 젊은이의 오토바이도 더 큰 소동은 벌일 수 없었을 것이란다."

92 **배들이 증기 기관이 아니라 아직 범선이었던 시절에 달던 돛처럼 생긴 날개였지.** 에드먼드 스펜서의 『요정 여왕』(1590)에서 용의 날개는 "두 개의 돛과 같고, 그 속에 빈 바람이like two sayles, in which the hollow wynd/가득 차서 신속히 나아간다Is gathered full, and worketh speedy way:/또한 그의 작은 날개들이 연결된 날개는And eke the pennes, that did his pineons bynd,/범포가 휘날리는 큰 활대와 같다Were like mayne-yardes with flying canvas lynd."

펄럭용처럼 날개를 펄럭거리고 딱딱용처럼 딱딱거리며 이 의미에서 펄럭용flapdragon과 딱딱용snapdragon은 크리스마스 시즌에 시장이나 도시에서 열리는 쇼와 행렬에서 무언극 배우가 운반하는, 입을 벌리고 다물 수 있게 만들어진 용이나 용머리 모형을 가리킨다.

94 **11월 5일** 1605년에 영국 의회 의사당을 폭파하려던 가톨릭의 음모를 발견하고 막은 사건을 기념하여 불꽃놀이와 모닥불로 축하하는 날. 이날은 공모자들 중 가장 유명한 사람의 이름을 따서 '가이 포크스의 밤'이라 불리기도 한다.

95 **다음번 월식은 실패였어.** 이 점에 관해서 16~17쪽을 보라. 거대한 백룡이 일정에 맞춰 월식을 일으키도록 달나라 사람이 어떻게 조정하는지는 수수께끼로 남아 있다("저 녀석들이 때가 되기 전에 월식을 일으키겠군!"과 "용이 자기 배를 핥느라 너무 바빠서 그것에 주의를 기울이지 못했기 때문이었지." 94~95쪽). 그러나 「로버랜덤」이 쓰이기 오래전부터, 용들이 월식을 일으킨다는 다양한 신화의 전승이 있었고, 달이나 해를 그저 흐리게 만드는 것이 아니라 삼켜 버린다.

101 **진짜 색깔** 「달나라 사람은 왜 너무 일찍 내려왔는가」(72쪽에 대한 주석을 보라)에서 그 사람은 "흐릿한 뾰족탑도 지루했지. […] 지친 마음으로 불을 갈망했지./창백한 석고의 투명한 빛이 아니라,/진홍빛과 장밋빛의 자줏빛 불꽃으로/주황색 혀를 날름거리며 타오르는/붉은 지상의 장작불을./이른 새벽빛이 춤추며 다가올 때/거대한 푸른 바다와 열정적 색조를."(『톰 봄바딜의 모험』, 아르테 214~215쪽)

198

독수리만 하고 석탄처럼 시커먼 올빼미 실제로 '수리부엉이 eagle-owl'가 있는데 크고 사나운 종으로 때로 스칸디나비아에서 영국을 찾아온다. 상체는 흑갈색이다.

102 **큰 나방**bob-owlers 몸이 두꺼운 나방(중서부 방언).

104 **어스름에 잠긴 정원** 달의 정원과 『잃어버린 이야기들의 책』에 나오는 '잃어버린 극의 오두막'의 유사성에 관해서 27~28쪽을 보라. 하워드 파일의 『달 뒤편의 정원』에서 주인공 데이비드도 달나라 사람의 뒤뜰을 방문하는데 그곳에서 아이들이 즐겁게 뛰놀고 소리친다. 이 작품에서도 「로버랜덤」에서와 마찬가지로 아이들은 잠을 자는 동안 그 정원으로 온 듯하다. 그들의 육신은 지구에 남아 있기 때문이다. 하지만 데이비드는 로버랜덤보다 더 평범한 방식으로, 달나라 사람의 집에 있는 뒷계단을 통해서 정원에 도달한다.

105 **아이들이 네가 온 길로 온 건 아니야. […] 하지만 이 골짜기에서는 그렇지 않단다.** "꿈의 길"에 대해서는 28~29쪽을 보라. 처음 쓴 원고에는 다음과 같은 개략적인 문장이 포함되어 있다. "'이곳이 행복한 꿈을 꾸는 사람들의 골짜기란다.' 그 사람이 말했어. '다른 골짜기도 있지만 우리는 그곳을 보지 않

을 거야. 그곳을 보는 사람들은 대부분 다행스럽게도 잊어버리지. 여기서 사람들이 꾸는 어떤 꿈은 영원히 잊히지 않는단다. […]'" > "나는 대부분의 꿈을 만든다. 어떤 꿈은 아이들이 가지고 오지. 그리고 어떤 꿈은 유감스럽게도 거미들이 만든단다. 하지만 이 골짜기에서는 그렇지 않아. 그런 일을 하는 거미들을 내가 잡는 한 그럴 일은 없어. 이곳은 행복한 꿈의 골짜기란다."

109 **엄마 허버드의 죽은 개.** 동요 〈늙은 엄마 허버드Old Mother Hubbard〉에는 다음과 같은 행이 포함되어 있다. "그런데 엄마가 돌아왔을 때But when she came back/가엾은 개가 죽어 있었어The poor dog was dead. […] 엄마는 주점에 갔지She went to the tavern/흰 포도주와 붉은 포도주를 마시러For white wine and red;/그런데 엄마가 돌아왔을 때But when she came back/그 개가 물구나무를 섰다네The dog stood on his head."

111 **마침내 그들은 잿빛 가장자리에 이르렀어.** 「로버랜덤」에서 달에는 서로 다른 '하얀' 면과 '어두운' 면이 있고, 외관상으로 이 두 면은 언제나 이런 상태에 있다. 한 면은 "하늘은 뿌옇고 땅은 어둡"고 다른 면은 "하늘이 어둡고 땅은 뿌"옇다. 실제 달은 물론 (지구와 다른 속도로 변하더라도) 밤과 낮이 있고, '어

200

두운 면'이 어두운 것은 빛을 전혀 받지 못하기 때문이 아니라 그것이 항상 지구의 반대쪽을 향하고 있기 때문이고, 따라서 달 궤도 탐색 인공위성의 시대가 되기까지 보이지 않았다. 이야기 속의 지구는 평평하지만(30쪽을 보라) 달은 분명 구체이다. 로버랜덤은 달의 중심을 관통하여 똑바로 떨어져 어두운 면에 이르고, 그와 달나라 사람은 걸어서 집으로 돌아오면서 지구가 뜨는 광경을 본다. 존 톨킨은 동생 마이클과 이 이야기를 들었을 때 자신은 물론 동생도 그런 이례적인 점에 신경 쓰지 않았다고 회고했고, 「로버랜덤」은 물론 어린아이들을 위한 글이며 아이들에게 그런 문제는 이야기의 경이로움을 이루는 부분일 뿐이라고 지적했다.

116   **세계의 소식**News of the World 선정적 기사로 유명한 영국 신문.

118   **그는 부유한 인어 왕의 나이 많고 사랑스러운 딸과 사랑에 빠졌고.** 길버트와 설리반의 오페라 〈배심 재판〉(1871)에 나오는 노래 가사 "그래서 나는 부유한 변호사의 나이 많고 못생긴 딸과 사랑에 빠졌어"에 대한 말장난.
　　　프로테우스, 포세이돈, 트리톤, 넵튠 프로테우스와 포세이돈은 그리스 신화에 나오는 바다의 신이다. 넵튠은 로마 신화에서 포세이돈에 해당하는 인물이다. 트리톤은 포세이돈의 아들로 마찬가지로 바다의 신이지만 그리스 전통에서는 인어이기도 하다.

119 **니요르드** 고대 스칸디나비아의 바다 신. "어리석게도 여자 거인과 결혼한" 것은 스노리 스투를루손(1178/9~1241)이 쓴 『신 에다』의 「길파긴닝Gylfaginning」과 「스칼드스카르프말Skáldskarpmál」에 나오는 이야기를 가리킨다. 신들은 거인의 딸에게 토르가 그녀의 부친을 살해한 것에 대한 보상으로 그들 중 하나와 결혼할 수 있게 해 주겠다고 약속했다. 그러나 그녀는 선택을 하기 전에 장차 신랑감의 발만 볼 수 있었다. 그녀는 신들 중에서 가장 아름다운 발데르를 고르기를 바라며 가장 아름다운 발을 선택했다. 그러나 그 발은 니요르드의 것이었다. 논평가들은 니요르드가 왜 발데르보다 더 아름다운 발을 가졌는지에 관해 추론했던 듯하다. 여자 거인이 니요르드를 선택한 것은 그의 발이 깨끗하기 때문이었다는("집 안을 건사하는 데 무척 좋은 일이지") 톨킨의 언급은 물론 농담이었지만, 리즈대학교에서 톨킨의 동료였던 E.V. 고든은 『고대 스칸디나비아어 입문서』의 주석(1927, 여기서 그는 톨킨의 조언에 대해 감사를 표한다)에서 니요르드의 발이 가장 깨끗했던 것은 그가 바다의 신이었기 때문이라고 언급했다. (고든의 말은 아마도

그의 발이 자주 씻겨진다는 의미였을 것이다.)

바다의 노인 『아라비안나이트』에 나오는 인물. 선원 신드바드는 다섯 번째 항해에서 난파되었을 때 그를 발견했다. 노인은 자신을 업어 강을 건너달라고 부탁하는데 신드바드는 그 부탁을 들어주었을 때 그 노인을 자기 등에서 떼어 낼 수 없다는 것을 알게 된다. 신드바드는 그 노인을 취하게 만든 후 바위로 쳐 죽이고 나서야 풀려난다.

1년인가 2년 전에 그는 부류 기뢰에, 그것도 바로 버튼 위에 올라앉았거든! 제1차 세계대전 중 수중에 설치된 기뢰의 일종이다. (분명 그 노인은 그 기뢰를 타고 "타고 다니"기를 바란다.) 여기 "버튼"은 대못 같은 기폭장치이다.

험티 덤티 동요에 나오는 달걀로 그가 부서진 후에 "모든 왕의 말로도/그리고 모든 왕의 신하로도" 그를 다시 합칠 수 없었다.

120   **브리타니아가 파도를 지배하는 줄 알았어요. […] 해변에서 사자들을 쓰다듬거나, 뱀장어 작살을 손에 들고 페니 동전 위에 앉아 있기를 더 좋아하지.** 대중가요에서 "파도를 지배하는" 브리타니아는 영국의 상징이고, 대체로 방패와 삼지창('뱀장어 작살'), 그리고 사자와 함께 앉아 있는 여자로 묘사된다. 찰스 2세의 치세 이후로 브리타니아는 영국의 동전과 메달에

새겨졌다.

'프'를 빠뜨리는 일이 없도록 해라! 문자 그대로는, 잊지 말고 '프사마소스'의 첫 글자를 발음하라는 뜻이지만 이 이야기는 로버가 아르타세르세스에게 '제발please'을 말하지 않은 것에서 비롯되었고, 'P와 Q를 신경 써라'라는 표현은 예의 바르게 처신하라는 뜻이므로 달나라 사람은 여기서 농담을 하고 있다.

121 **적어도 컬러로 인쇄되어 있었고.** 당시 신문들은 컬러로 인쇄되지 않았다. 인어들의 신문 목록에서 《일러스트 주간 잡초》는 《일러스트 런던 뉴스》를 암시한다.

127 **사냥해서 매달아야 할 놈**pot and jam him! 'to pot'은 '상금을 받기 위해 쏘거나 죽이다'를 뜻하는 속어이고, 'to jam'은 '매달다'의 속어이다.

129 **우인은 참고래 중에서 가장 나이가 많았어**Uin the oldest of the Right Whales. 29~30쪽을 보라. 포경업자들의 용어로 right whale은 잡기에 적합한 고래, 즉 고래수염이 풍부하고 쉽게 잡히는 긴수염고래과에 속한 고래를 뜻한다.

133 **팸PAM** 영국의 유명한 정치가이고 수상이었던 파머스톤 Palmerston 경(1784~1865)의 별명에 대한 언급.

135 **바다 개** 여기서는 물론 문자 그대로 개를 뜻한다. 그러나 톨킨은 '선원'을 뜻하는 속어를 암시하고 있다.

138 **거머리limpets** 바위에 단단히 달라붙는 해양 복족류를 뜻하지만, "불필요한 인물로 여겨지지만 자신의 직책에 집착하는 관리"(『옥스퍼드 영어 사전』)를 뜻하기도 한다(원래 limpet은 '삿갓조개'를 뜻하나, 여기서는 중의적 말장난을 살리기 위해 '거머리'로 의역하였다—역자 주).

간단한 기술이기는 하지만 그래도 많은 훈련이 필요한 것이었어. 톨킨은 아르타세르세스의 마술에 한계가 있음을 암시하고 있다. 처음에 쓴 원고에는 이 문장 앞에 쓴 단락에 의미를 분명하게 밝히는 구절이 포함되어 있었다. 여기서 그 부분은 볼드체로 표시했다. "아르타세르세스는 그 나름의 방식으로 정말 훌륭한 마법사였어. **요술로 속임수를 부리는 부류였지.** (그렇지 않았더라면 로버는 이 모험을 겪지 않았을 거야.)" 그의 에세이 「요정이야기에 관하여」(1947년 최초 발표)에서 톨킨은 (프사마소스와 달나라 사람이 할 수 있는) 진짜 마법과 반대되는 "고급 마술 공연"에 대해 경멸하듯이 언급했다.

140 **긴 배였는데 […] 주인님은 그 배를 '붉은 용'이라고 불렀고**
인어 개의 이야기는 부분적으로 스노리 스투를루손의 「헤임
스크링글라Heimskringla」에 나오는 올라프 트리그바손의 13세
기 사가에서 유래한다. 이 작품에서 노르웨이의 왕 올라프 트
리그바손(995~1000)은 해전에서 패배하고 자신의 유명한 배,
'긴 바다뱀Long Serpent(혹은 긴 용Long Worm)'에서 뛰어내린다.
하지만 전설에 따르면 그는 물에 빠져 죽지 않았고 안전하게
헤엄을 쳐서 결국에는 그리스 혹은 시리아에서 수사로 살다
가 죽음을 맞았다. 「로버랜덤」의 수기 원고에서 그 배는 실제
로 '긴 용'이라는 이름으로 불렸고, 톨킨은 1938년 1월 옥스
퍼드대학교의 박물관에서 용에 관해 강연했을 때 올라프 왕
의 배를 이 이름으로 언급했다. 올라프 왕의 유명한 개 비제는
주인이 사라졌을 때 비탄에 빠져 죽었다.

142 **인어들이 그분을 붙잡았어.** 전설에 의하면 인어들은 인간들
을 바닷속으로 끌어들이기를 열망하고 인간의 영혼을 그곳에
억류한다. 톨킨은 '금발의 인어'를 신화에서 그들의 전신으로
나오는 '검은 머리칼의 사이렌'(134쪽)과 구분한다.

143 **오크니 제도** 스코틀랜드 북동쪽에 있는 일단의 섬들로 8세기
와 9세기에 바이킹들이 정착했으며 1476년에 스코틀랜드에

귀속되었다.

148   **여기는 태평양일 거야.** 사실 인어 개가 열거하는 장소들, 즉
    일본, 하와이의 호놀룰루, 필리핀 제도 마닐라, 페루 서쪽의
    이스터섬, 퀸즐랜드 북쪽 끝에 떨어져 있는 목요섬, 러시아의
    블라디보스토크는 모두 태평양에 있다.

149   **해저 바닥에서 폭발이 일어나서** 「로버랜덤」을 처음 들려주기
    한 달 전인 1925년 8월에 에게해의 산토리니(테라섬)에서 해
    저 폭발이 일어났다.

151   **마법사는 그를 바다 민달팽이로 바꿔 버리거나 그를 어느 아**
    주 외진 곳the Back of Beyond(어디 있는 곳이든 간에)이나 심지
    어 폿Pot(가장 깊은 바닷속 밑바닥)에 보내 버렸을 거야. 첫 번째
    원고에는 로버랜덤이 "아르타세르세스의 가장 강력한 주문에
    걸려 있는 동안에는 그 마법사가 더는 그에게 마술을 걸 수
    없다는 것을 알지 못했다"라고 적혀 있다. 그러나 아르타세
    르세스가 로버랜덤을 바다 개로 바꾸었을 때 이미 두 번째로
    '마술을 걸었으므로' 이 문장은 말이 되지 않았다. 'the Back
    of Beyond'는 어디이든 아주 멀리 떨어져 있는 벽지를 가리
    킨다. to go to pot은 '파멸되거나 파괴되다'의 의미를 가진

로버랜덤

표현이지만 이야기의 후반부에서 폿은 거대한 바다뱀이 들어
갈 정도로 거대한 단 두 개의 동굴 중 하나라는 것을 알게 되
므로, 톨킨은 아마 '깊은 구멍, 심연, 지옥의 구덩이'를 뜻하는
북부의 방언 pot도 염두에 두었을 것이다.

154   **그늘의 바다를 […] 파도에 비치는 요정나라의 빛을 보았단
다.** 29~31쪽을 보라. 첫 번째 원고에는 이렇게 되어 있다. "그
고래가 그들을 마법의 열도 너머 요정의 땅의 만으로 데려갔
단다. 그들은 저 멀리 서쪽에서 요정의 땅의 해안과 마지막 땅
의 산들 그리고 파도에 어린 요정의 땅의 빛을 보았어." 톨킨
의 신화에서 그늘의 바다와 마법의 열도는 아만(요정의 고향이
고 발라 또는 신들의 터전)을 여타 세계로부터 숨기고 보호한다.
1930년대에 그린 이 지형의 훌륭한 삽화는 톨킨의 「암바르
칸타」(『가운데땅의 형성』, 1986년, 249쪽)에 실려 있다.

155   **바깥땅** 30쪽을 보라. 초기의 원고들에서 톨킨은 '평범한 땅'
이라는 표현을 사용했다.

156   **그가 물고기처럼 한 일은 오로지 마시는 것뿐이었지.** 즉, 그는
과도하게 술을 마셨다.

157 **늙은 바다뱀이 깨어나고 있었어. […] 어떤 사람들은 그가 세계의 끝에서 끝까지 닿을 거라고 말하지만.** 온 세계를 감아 도는 북유럽 신화의 미드가르드 뱀에 대한 언급이다. 그러나 욥기 41장의 리바이어던("그것이 일어서면 영웅들도 무서워하고") 참조. 톨킨은 「로버랜덤」의 평평한 세계의 끝을 언급할 때 edge를 대문자로 써야 할 것인지 결정을 내릴 수 없었다. 우리는 157쪽에서 그 단어의 의미를 명료하게 드러내기 위해 대문자를 사용하여 "Edge to Edge"로 표기했고 그 외의 다른 경우에는 모두 소문자로 표기했다.

158 **심해에서 솟아난**autothalassic 바다에서 태어난. "원초적인"부터 "어리석은"까지 열거한 형용사는 바다뱀에 대한 학자들의 결론을 요약한 것이다. 톨킨이 1936년 「괴물과 비평가」 강연에서 『베오울프』에 관한 비평적 견해들이 '혼란스럽게 상충한다'고 지적한 것을 연상시킨다.

적어도 대륙 하나가 바다에 가라앉아 버렸어. 1927년 톨킨의 신화에는 바다에 가라앉은 누메노르섬이 아직 등장하지 않았으므로 아마 아틀란티스를 가리킬 것이다. 여기 인용된 구절은 「로버랜덤」의 첫 번째 원고에도 들어 있다.

입구 밖으로 삐져나온 바다뱀의 꼬리 끝이 보였어. […] 그것만 봐도 그에게는 충분했지. 『햄의 농부 가일스』를 참조하라.

"[감은] 실은 그때 막 땅에 내려앉은 크리소필락스 다이브스의 꼬리에 정면으로 부딪힌 것이지요. 감보다 더 빨리 꼬리를 돌려 집으로 줄행랑친 개는 없었을 겁니다."(아르테 63쪽)

159   **그 지렁이가 몸을 돌리기 전에**before the Worm turned again "지렁이도 밟으면 꿈틀한다even a worm will turn"(더없이 약한 생물이라도 내몰리면 자기를 괴롭히는 적에게 반항한다)라는 속담에 대한 말장난으로, 여기서는 강력한 바다뱀에 문자대로의 의미로 적용된다. 앵글로색슨 신화와 북유럽 신화에서 worm(wyrm)는 용이나 뱀을 나타내는 상용어였다.

160   **작은 고둥**periwinkles 회전하는 팽이처럼 생긴 껍데기를 가진 리토리나속의 복족류 연체동물.
      구사일생으로by the skin of their feet 물갈퀴가 달린 개들의 발에 대한 언급으로, '구사일생으로by the skin of their teeth'라는 속담에 대한 말장난.

161   **바다뱀이 입으로 자기 꼬리 끝을 물려고 정신 나간 듯이 계속 빙빙 돌았거든.** 이 부분에서 톨킨은 우로보로스를 연상시킨다. 통일성, 재생, 영원성에 대한 고대의 상징인 우로보로스는 자신의 꼬리를 삼키려는 뱀의 형상으로 표현된다.

166 **바다벌레, 바다표범, 해우 […] 재앙거리로 변해 버렸지.** 톨킨은 물고기들이 아르타세르세스의 마술에 의해 (아르타세르세스 자신도 그렇듯이) 온전한 바다의 생물이 아닌 것들로 변했다고 제시하는 듯하다. 여기 적힌 생물들 대부분은 이름이 그렇지 않게 보임에도 불구하고 사실 해양 동물이다.

169 **바퀴 달린 의자**bath-chair 환자들이 사용하는 바퀴 위의 큰 의자.

170 **제 원래 모습** 로버랜덤의 요청 이후에 나오는 열세 문단은 대부분 두 번째 원고(첫 번째 타자 원고)에서 첨가된 것이다. 첫 번째 원고에서 마법사는 그저 "로버랜덤을 집어 올려 세 번 돌렸고 '고마워, 이걸로 잘 될 거야'라고 말했어. 그리고 로버랜덤은 그날 아침 잔디밭에서 아르타세르세스를 처음 만나기 전에 늘 그랬던 모습으로 되돌아왔다는 것을 알았단다." 그러나 이렇게 되면 아르타세르세스를 (이 원고에서도 자신의 주문을 파괴해 버린) '요술가'보다 더 훌륭한 마법사로 그려 내게 되었을 것이다. 138쪽에 대한 주석을 보라.

175 **팸의 돌**Pam's rock 막대 사탕Rock(미국의 얼음사탕). 전통적으로 영국의 해안 휴양지에서 파는 막대 모양의 단단한 설탕 사탕.

일반적인 종류의 막대 사탕은 안쪽이 희고 겉에 얇고 끈적끈 적한 분홍색 막이 덮여 있다. 종종 그 바닷가의 지명이 (어쩌면 이 경우에는 팸이라는 이름이) 겉과 대조되는 사탕 안의 하얀 속 심에 적혀 있다.

수영 천막과 운반차 1920년대에는 정숙함을 유지하기 위해 누구도 바닷가에서 수영복으로 갈아입지 않았다. 일부 사람 들은 수영 천막에서, 다른 사람들은 물가에 세워 둔 운반차에 서 갈아입었다. 수영을 하려는 사람은 해변 쪽에 난 문으로 운 반차에 들어갔고 안에서 옷을 갈아입은 후 다른 문으로 나와 바다에 들어갔다.

176 **자동차들이 연이어Motor after motor [...] 최대한 속도를 내면 서 (그리고 최대한의 먼지와 냄새를 일으키면서) 어디론가 가고 있었어.** Motor는 '자동차'를 뜻한다. 「로버랜덤」의 도처에서 톨킨은 오염과 산업화의 결과에 대한 우려를 드러낸다. 스노 든산 꼭대기에 있는 사람은 쓰레기를 버렸고, 석유 연료 때문 에 니요르드는 지독한 기침병을 앓게 되었고, 아르타세르세 스는 해변에서 손님들이 남긴 쓰레기를 치워 찬사를 받는다. 「로버랜덤」 시절의 차량들은 오늘날보다 훨씬 적었겠지만 그 래도 톨킨에게는 너무 많아서 마음이 편치 않았다. 그의 시 「빔블 마을의 발전」(1931년 발표)을 참조하라. 카펜터(『전기』,

105~106쪽)에 의하면 이 시는 톨킨이 1922년에 파일리를 방문한 후 그 마을에 대해 느낀 감정을 반영한다. 빔블 마을에서 그는 창문에 진열된 담배와 사람들이 씹는 껌(종이로 포장되어 두꺼운 갑에 들어 있고, 사람들이 온통 풀밭과 해변에 뱉어 버릴)을 보았다. 시끄러운 차량정비소에서는 힘들게 일하는 억세고 검댕이 묻은 사람들이 쿵쾅거리며 고함을 질러 댔다. 자동차 엔진은 윙윙거리고, 불빛은 번쩍이고—밤새도록 흥겨운 소음이 이어졌다! 때로 소음들 사이로 (아주 드문 일이지만) 소년들이 외치는 소리가 들려왔다. 때로는 밤늦은 시간에, 오토바이들이 끼익거리며 지나가지 않을 때 (듣고 싶으면) 해변에서 여전히 그 일에 열중하는 바다 소리가 희미하게 들려온다. 무엇에 열중한다고? 오렌지 껍질을 휘젓고, 바나나 껍질을 쌓아 올리고, 종이를 핥고, 병들과 통들과 깡통의 국물을 갈아 버리는 일. 새날이 더 많은 것을 갖고 오기 전에, 다음 날 아침의 유람 버스가 악취를 풍기고 덜컹거리며 경적을 울리고 쨍그렁거리며 낡은 여관 문 앞에 멈춰서 아무도모르는곳과 아무도개의치않는곳, 빔블 마을로 더 많은 사람들을 데려오기 전에. 한때 아름다웠던 그 마을의 가파른 거리가 많은 집들로 흔들리며 무너져 내린다(행 구분 없이 나열한 실제 시의 일부이다—편집자 주).

옮긴이 소개

이미애

현대 영국 소설 전공으로 서울대학교 영문학과에서 박사 학위를 받았고 동 대학교에서 강사와 연구원으로 활동했다. 조지프 콘래드, 존 파울즈, 제인 오스틴, 카리브 지역의 영어권 작가들에 대한 논문을 썼다. 옮긴 책으로 버지니아 울프의 『자기만의 방』, 『등대로』, 제인 오스틴의 『엠마』, 『설득』, 조지 엘리엇의 『아담 비드』, 『미들마치』, J.R.R. 톨킨의 『호빗』, 『반지의 제왕』, 『위험천만 왕국 이야기』, 『톨킨의 그림들』, 캐서린 맥일웨인의 『J.R.R.톨킨: 가운데땅의 창조자』, 토머스 모어의 서한집 『영원과 하루』, 리처드 앨틱의 『빅토리아 시대의 사람들과 사상』 등이 있다.

로버랜덤

1판 1쇄 인쇄 2025년 2월 26일
1판 1쇄 발행 2025년 3월 26일

지은이 | J.R.R. 톨킨
옮긴이 | 이미애
펴낸이 | 김영곤
펴낸곳 | (주)북이십일 아르테

책임편집 | 원보람 문학팀장 | 김지연
교정교열 | 박은경 권구훈 박현묵 표지 | 김단아 본문 | 박숙희
해외기획팀 | 최연순 소은선 홍희정
출판마케팅팀 | 남정한 나은경 최명열 한경화 권채영
영업팀 | 변유경 한충희 장철용 강경남 황성진 김도연
제작팀 | 이영민 권경민

출판등록 | 2000년 5월 6일 제406-2003-061호
주소 | (우10881) 경기도 파주시 회동길 201(문발동)
대표전화 | 031-955-2100 팩스 | 031-955-2151
이메일 | book21@book21.co.kr

ISBN 979-11-7357-008-7 04840
    979-11-7357-004-9 (세트)

The Gardens of p.218
... ...